治癒魔法の間違った使い方
～戦場を駆ける回復要員～
Vol.11
くろかた
KUROKATA
JN229397

【スズネ】
【アーミラ】
【カズキ】
【コーガ】
登場人物紹介

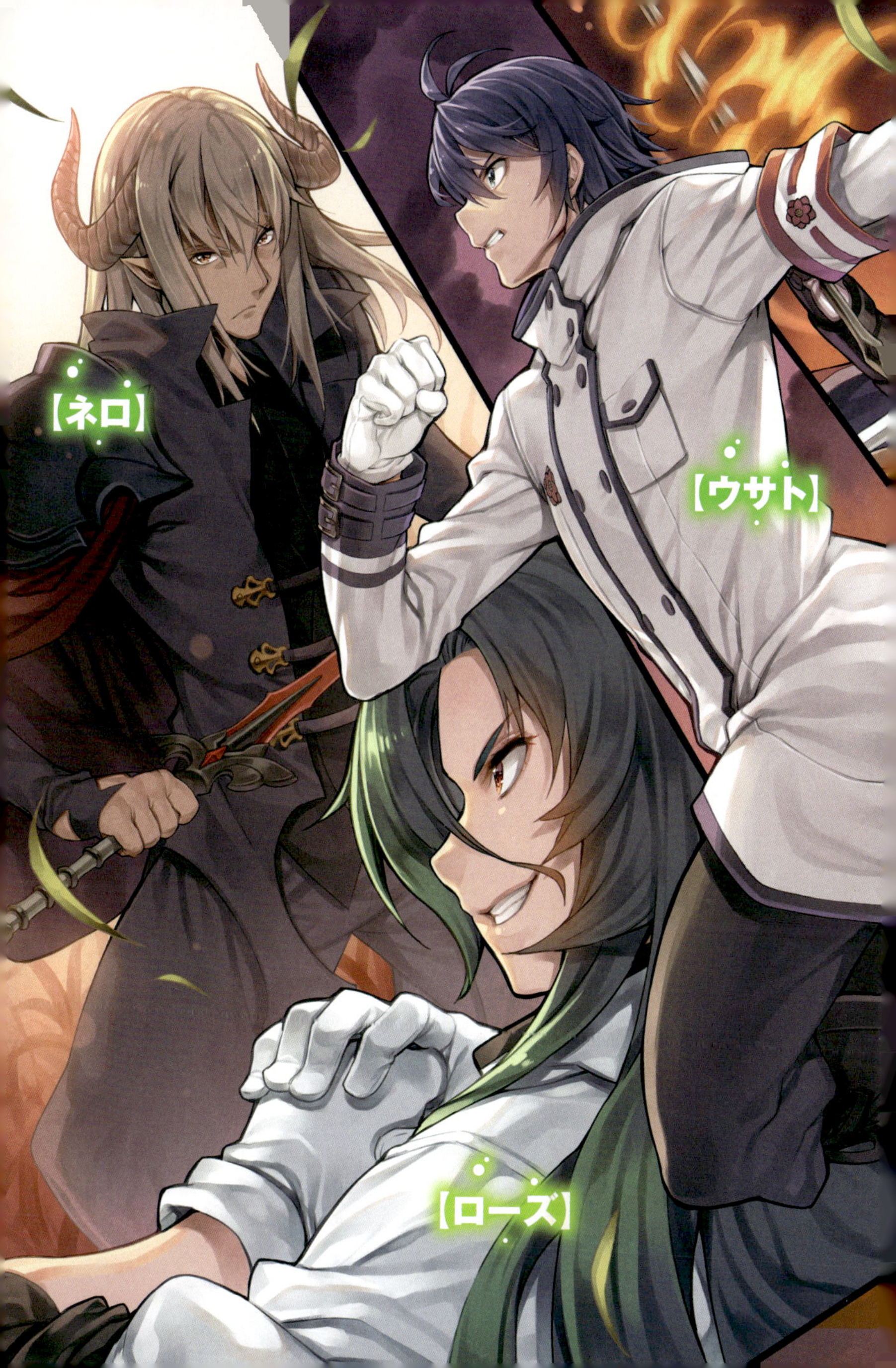
【ネロ】
【ウサト】
【ローズ】

【ヒサゴ】
【カンナギ】
「見届けてみるがいい。
奴が辿った道筋を、無知な人間共の業を」
【魔王】

治癒魔法の間違った使い方
～戦場を駆ける回復要員～
Vol.11

CONTENTS

魔王軍ノ掟
～戦場の心構え～

一、同志を助け、確固たる意志を以て敵を討つべし
一、勇者には数を揃えて臨むべし
一、戦場に現れる人攫いには最大限の警戒をすべし

第一話　仲間と共に！　いざ反撃開始‼　の巻

魔王軍との戦いの最中、戦場に現れた水上都市ミアラークの勇者、レオナさん。

バルジナクという強大な敵と戦う僕達の前に現れ、その動きを封じ込めた彼女は、かつて竜の力によって暴走したカロンさんを止めるために共に戦った仲間だ。

僕以上の実戦経験があり、強力な氷魔法と勇者の武具を持つ彼女は、僕達にとってまさしく最強の援軍に違いなかった。

「レオナさん！　来てくれて本当に助かります！」

「え、あ、そのっ、君の窮地に駆けつけることができて、よかった」

正直言うと、この場にレオナさんが駆けつけてくれたのは予想外だった。

事前に援軍に来てくれるという連絡は受けていないし、なによりここからミアラークは遠く離れている。それに、ミアラーク自体もまだ復興しきっていないはずだ。

『おい、ネア。こいつ誰だ？』

「ミアラークの勇者よ。とっても強いわよ」

『ふぅん』

やや不機嫌そうなフェルムの声。

特にそれを気にせず立ち上がろうとするが、やはり魔力が足りないからか少し足がぐらついてしまう。

「大分、魔力をすり減らしたな。ウサト」

「ええ、ちょっと……いえ、結構な無茶をしまくりましたからね……」

「フッ、君は相変わらずのようだ」

そう言ってレオナさんがこちらに近づいてきて僕を支えてくれる。

すると、近くで静観していたニルヴァルナ王国戦士長のハイドさんがレオナさんに声をかける。

「失礼。この場を指揮しているハイドという者だが、君はミアラークの勇者で間違いないのか？」

「ああ。ミアラークの女王、ノルン様より勅命を受け、この場へと駆けつけた」

「君一人でか？」

ハイドさんのその言葉に、レオナさんが頷《うなず》く。

彼女は、凍結されて未《いま》だに身動きのとれないバルジナクへと視線を向ける。

「少しの間だが、奴の動きを封じた。その間に態勢を整えてくれ」

「よし！　ヘレナ、魔力が枯渇している者を後ろへ下げさせろ！　今一度陣形を整え、この化け物を討伐するぞ！」

ハイドさんが部下達に、バルジナクの動きが封じられている間に退避するように呼びかけていく。

その様子を見たレオナさんが僕へと振り返ると、彼女は懐から二つの小瓶のようなものを取り出し、それを渡してきた。

「ウサト、これを」

「え？　小瓶？」

小瓶の中には半透明の液体が入っており、それはミアラークの女王であるノルン様が飲んでいたポーションに酷似していた。

「ファルガ様に持たされてな。魔力を回復させる効果と、ちょっとした気つけ効果があるポーションだ」

「魔力を回復って……もしかして、これってものすごく貴重なものなのでは？」

「気にするな。これは君に必要なものだからな」

魔力を回復させる、か。

僕は小瓶の栓を外し、それを一気に喉へと流し込む。

独特な刺激臭と苦みで涙目になっていると、体の中心から徐々に熱がこみ上げてきた。

「ッぐぅ……!?」

思わず胸元を押さえ倒れかけてしまうが、その前にレオナさんが支えてくれる。

「心配はいらない。魔力を回復させる過程で、体が熱を発しているだけだ」

「そ、そうなんですか……」

「すまないが、このまま聞いてくれ」

自身の中で魔力が回復していく不思議な感じを覚えながら、レオナさんの話に耳を傾ける。

「まず、遅れてしまったことを詫《わ》びよう。ミアラークで最も速い小型船で飛ばしてきたが、それでもかなり時間がかかってしまった」

「いえ、助けに来てくれただけで十分ですよ」

事実、バルジナクを足止めしてくれたことは本当に助かった。

「もしかして、レオナさんが遅れた理由って……」

「ああ」

僕の言葉に彼女は頷く。

最初から戦いに参加するつもりだったのなら、彼女が遅れてくるはずがない。

「遅れはしたが、ファルガ様から託されたものをここまで運んできた」

「！　ここにあるんですか？」

「いいや。既に担い手として認められた者達の元へ向かっていったよ」

レオナさんがそう言葉にした次の瞬間、魔王軍のコーガとアーミラと戦っている先輩とカズキの方向から、白い輝きと、跳ねるように迸《ほとばし》る電撃が発せられた。

それに伴い、僕の右腕の籠手《こて》とレオナさんの槍《やり》が共鳴するように震える。

……そうか、ついにファルガ様が作ってくださった〝勇者の武具〟が二人の手に渡ったんだな。

二人にとってはぶっつけ本番で使うことになるけれど、きっと彼らなら使いこなせるはずだ。

「レオナさん、本当にありがとうございます」

「君への恩を返すためさ。私にとっては、これでもまだ足りないくらいだよ」

むしろ、僕は助けられてばっかりな気がする。

そして、フェルムよ。

なんか服の内側からポコポコと殴られているような感じがするのだけど、何かね？

というより、レオナさんの前では口を開こうとしないな。意外と人見知りなのか？

「君も少し見ない間に……随分と様変わりしたな」

「ははは、ちょっと仲間の一人と融合？　みたいなことしてますからね」

「……ん？　んん？」

さすがに説明が足りなかったのか、首を傾《かし》げられてしまった。

見かねたネアが、レオナさんに話しかける。

「あー、こいつがいつも通りのことをしているだけって考えれば納得できると思うわ」

「なるほど」

なんでその説明で納得されたのだろうか？

というより、いつも通りのことってなんですかね？

そうこうしているうちに、内側から湧き上がっていた熱が引いていく。

枯渇していた魔力が、体感的に四割ほど回復していた。

これぐらい魔力があれば十分だけど、念のためにもう一本飲んでおこう。

「もう一本飲みます」

「え？　いや、待て！　それは間を空けて飲――」

そのまま二本目の小瓶の栓を外し、一気に飲み干す。

先ほど以上の熱が体の奥から感じられるが、さっきので慣れたので、ゆっくりと深呼吸して平静を保つ。

「すぅ……絶対、体によくないですよね、これ」

「あ、ああ……」

『ウサト、すっげぇ熱持ってんぞ。お前』

「フェルムも分かるの？」

『……あっ、いや、分からないぞ。勘で言っただけだ』

……そうなの？

まあ、それほど気にすることでもないけど。

放熱するイメージでゆっくりと深呼吸をしていると、僕を支えているレオナさんが唖然《あぜん》とした表情になっていることに気付く。

「君なら、クレハの泉の水すら容易《たやす》く飲めるのではと思えてしまうよ」

「はは、薄めればいけるかもしれませんね」

「……冗談だぞ？　持ってきてないからな？　いや、持ってきていたとしてもダメだぞ？」

そんな本気そうな顔をしていただろうか？

いや、あんな危なすぎる水、触れようとすら思わないけどね。

「レオナさん、もう大丈夫です」

「む、そうか」

レオナさんから離れ、自分で立ち上がる。

魔力も八割くらいは回復しているな。

周りを見れば、ハイドさんの指示により戦士達の陣形が整えられ、バルジナクを迎え撃つ態勢に移っていた。

「ウサト。君はこれからどうする？」

「ここで怪我人を助けてから、貴女《あなた》と一緒に戦います」

「フッ。なら、もう一度君と肩を並べることになりそうだな」

どこか嬉《うれ》しそうな様子で槍を回したレオナさんは、周囲に八本の氷の槍を浮遊させる。

勇者としての自分を完全に受け入れた彼女の姿を見て、こんな状況にもかかわらずなんだか嬉しくなってしまった僕は、思わず笑みを零《こぼ》してしまう。

「もうすぐ氷の拘束が解けてしまうな。奴の相手は私に任せてくれ」

バルジナクを見たレオナさんの言葉に、ハイドさんが頷く。

「了解した。我々が援護しよう」

レオナさんがバルジナクの相手をし、ハイドさんはその援護か。なら僕は、毒にやられた戦士達の治療だな。

「ウサト、もう体は大丈夫か？」

「はい。もう大丈夫です」

「そうか……。ふむ」

なにやら、レオナさんと僕を見て思案するように唸《うな》るハイドさん。

なんだろうと思っていると、考えがまとまったのか彼はニヤリとした笑みを浮かべ、僕の肩に手を置いた。

「君にはレオナ殿のサポートを頼みたい」

「サポートって……？」

「まあ、彼女と一緒に戦えってことだな！」

ハイドさんの言葉に、僕だけではなくレオナさんも目を丸くしている。

同じくハイドさんの副官の女性、ヘレナさんも慌てて彼に詰め寄る。

「ちょ、ちょっと、戦士長！　なんで、治癒魔法使いの彼に進んで戦わせようとしているんですか!?」

「現状、最も強い戦力はレオナ殿だ。ならば、治癒魔法使いである彼をあてがうのは当然のことだろう」

「そういう意味じゃなくてですね！」

「ヘレナ、彼は戦士だ」

「えっ？」

あの、違うんですけど？

呆気《あっけ》にとられている僕をよそに、ハイドさんは続けて言葉を発する。

「彼の身体能力と反応速度ならば、あの蛇の動きにも十分に対応できるだろう。そして見たところ、レオナ殿ともいい関係らしいからな。連携も十分に取れると見た」

「い、いいい、か、か、かんけい……!?」

なぜかものすごく動揺するレオナさん。

確かにミアラークでも肩を並べて戦ったし、連携は取れるはずだ。

そう考えれば、ハイドさんの意見もよく分かる。

「いやいや、毒の対策はどうするんですか!?」

「たった少しの毒で動けなくなるほど、俺達はヤワじゃないだろう？」

一転して声を低くさせたハイドさんに、ヘレナさんは言葉に詰まる。

「俺達はニルヴァルナ戦士団。勇ましく、誉れある戦いをしてこそ俺達だ」

その場にいる戦士達に聞こえるように言い放ったハイドさん。

彼の言葉に、ヘレナさんだけではなく、戦士達の表情も覚悟を決めたものへと変わる。

そんな彼らの表情を確認したハイドさんは、続けて声を発する。

「毒は我慢しろ！　我慢できなくなったら下がれ！　俺もそうする！」

「「「オォ――――!!」」」

……その言い方はちょっと情けないです。

「と、いうことで俺達を無理に癒やす必要はない」

「分かりました。でも回復魔法で間に合わない人がいれば、無理にでも治しに行きますからね」

「ハハハ、君も頑固だな」

僕の言葉に快活に笑ってみせるハイドさん。

そのとき、バルジナクの動きを封じているレオナさんの氷にヒビが入る音が響く。

「……そろそろ限界か」

それをいち早く察知したレオナさんが、バルジナクへと向き直る。

「全員配置につけ！　もう一度奴にニルヴァルナの力を見せつけるぞ!!」

「「「オオォ――――!!」」」

レオナさんと僕を先頭に、戦士達が配置につく。

もう一度あのデカい蛇と戦うことになるけど、恐怖はない。

「レオナさん。役に立てるかどうか分かりませんが、僕も頑張ってみます」

「いいや。君が隣にいる、それだけで十分に私の力になっているさ」

やるべきことは最初から変わっていない。

今、重大な局面を戦っている先輩とカズキ、そしてローズのために、僕達がこの戦線を守り切る。

そう内心で決意した僕は、凍結が解けて再び動き出そうとするバルジナクを見据える。

「ギシャァアアァ!!」

耳障りな雄叫《おたけ》びを上げるバルジナクは、その体を大きく動かして体に纏《まと》わりついている氷を引きはがしていく。

大きく凶悪な敵だが、僕一人で戦うわけじゃないから微塵《みじん》も怖くなんかない。

「ウサト、行くぞ！」

「はい！」

戦いはまだまだ終わらない。

だけど、こうしている間も先輩とカズキは戦っているんだ。

なら、僕も止まっているわけにはいかない！

僕とレオナさんは、憎悪に溢《あふ》れた目でこちらを睨《にら》みつけるバルジナクへと向かっていくのだった。

第二話　心の形を示せ！　勇者の戦い!!　の巻

アーミラ・ベルグレットとの戦いは、まさしく血が沸騰するような熱い戦いだ。

息苦しいほど激しい炎の使い手を相手に、私は速さという武器で立ち回るしかない。

「はあああぁ！」

「オオォォ！」

電撃を纏《まと》わせた二つの剣を振るい、アーミラと剣戟《けんげき》を交わす。

肌が焼けつきそうなほどの熱量と、確かな実力と経験から繰り出される一撃は、私を戦闘不能に追い込むのに十分なほどの威力を内包していた。

「そのような得物ではな！」

その攻撃を受け止めると、両手の剣が砕け散ってしまった。

「チッ……」

舌打ちをしながら、心臓目がけて繰り出された刺突を電撃を纏わせた掌《てのひら》で弾《はじ》き、後方へ跳躍し距離を取る。

着地すると同時に地面に捨てられている剣と槍《やり》を拾い、もう一度アーミラへと攻撃を仕掛ける。

「とんでもない力だね！　まるでオーガを彷彿《ほうふつ》とさせるよ！」

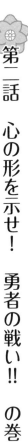

挑発しつつ、電撃を纏わせた槍を投擲《とうてき》する。

「貴様は恐ろしく速いな。まるで駆け回る犬のようだ」

「い、犬ゥ!? 言うに事欠いて、私を犬と言ったね!?」

そこはオオカミとかじゃないの!?

憤る私を見て、彼女は呆れたような顔を浮かべる。

「お前、さてはバカだな？」

「私をバカにしていいのはウサト君だけだ！」

「その扱いを押しつけられる治癒魔法使いが不憫《ふびん》でならないよ」

「なにおう!?」

私の放った槍を剣の一振りで燃やし尽くすアーミラ。

やはり彼女は並の戦士ではない。

電撃と剣を織り交ぜて攻撃しながら打開策を考えていると、やや苛立《いらだ》った様子を見せたアーミラが足を止め、剣を両手で握りしめた。

「鬱陶《うっとう》しい、炙《あぶ》り出してやろう！」

「ッ！」

纏った炎をさらに燃え上がらせ、剣を下段に構えるアーミラ。

すぐさまその場から飛び退《の》こうとすると、彼女は尋常じゃない魔法の熱量と気迫と共に、剣を振り上げ爆炎を振りまいた。

「なんて炎だ……！」

地面に着地した私は、右肩を押さえ苦悶《くもん》の声を漏らす。

少し食らってしまったが、動く分には問題ない。

だが、あの爆発力は驚異的だ。

橙色《だいだい》に燃え広がる炎の中をゆっくりとした歩調で近づいてくるアーミラは、まだぴんぴんしている。

唯一当てた攻撃も浅く、まともなダメージにはなっていないようだ。

「カズキ君とも随分と離れちゃったね……」

かろうじて目で確認できるが、カズキ君の方もコーガという魔族の男と苛烈《かれつ》な戦いを繰り広げている。

相手はウサト君並みの身体能力と、闇系統の魔法を持つ魔族だ。

できれば、早くアーミラを倒して加勢に行きたいけど、それも難しいところだ。

「ん？」

刃こぼれだらけの剣を地面へ捨てて近くの剣を拾おうとしたとき、空に何か光るものが見えた。

こちらへ近づいてきているアーミラを警戒しながら見上げると、その光る物体は真っすぐ私の方へと向かってきた。

「え？」

金と銀の光り輝く二つの球体。

それらは空中で分かれ、銀色の球体はカズキ君へ、もう一つの金色の球体は私の元へと落下し、強烈な光と共に弾け、溢《あふ》れんばかりの電撃を放ちながら周囲を黄金色へと染めた。

『己の心を形にしろ』

あまりの光に目を開けることのできない私の耳に、誰かの知らない声が聞こえた。

重々しく荘厳《そうごん》だけど、どこか優しさのようなものが感じられる声だ。

それに伴い、光で溢れる私の視界に戦場の景色ではない別の光景が映り込む。

この世界に召喚されたときの記憶。

救命団にいるウサト君の元へと訪れたときの記憶。

リングルの闇で遭難したときの記憶。

他にも私が黒騎士に殺されかけたときの記憶とか、ルクヴィスでウサト君とカズキ君と別れたときの記憶までが、走馬灯のように駆け巡る。

見て、すぐに理解できた。

これは私の記憶じゃなくて、ウサト君の記憶の中の私だ。

「嘘《うそ》でしょ……？　これが私!?」

傍《はた》から見ると、私はここまで変な人だったの!?

色々とやらかしすぎじゃないかな!?

そりゃあ、ウサト君もあんな反応するよ！

私、超面倒くさい人じゃん！

元の世界では決して味わうことのない体験に悶《もだ》えつつ、なんとか耐え切る。

「う、ぐぅぅ……私は強い、メンタル強い……！　この程度じゃ乙女は砕けない……！」

そう必死に言い聞かせて自分を強く保ちながら、先ほど頭の中で聞こえた言葉を思い出す。

「私の心を、形にしろ……か」

今起こっている現象がなんなのかは分からない。

もしかしたら私への精神攻撃という可能性もあるけど、多分それはないだろう。

今アーミラに攻撃されていないのは、自分を覆っている光が私のことを守ってくれているからなのは分かる。

私に投げかけられた声と金色の光を信じ、私はゆっくりと目を瞑《つむ》る。

すると、次第に私を覆っていた光は薄れてゆき、次に目を開いたときには先ほどと同じ戦場の景色に戻っていた。

眼前には、目を見開いたままこちらを見つめているアーミラの姿があった。

「貴様、それは何だ……？」

「ん？」

「その手に持っている武器のことだ」

「ぶき……？」

アーミラが指さした自分の手元を見て、言葉を失う。

私の手には、先ほどまでなかった武器が握られていたのだ。

「か、かかかかか、カタ一ナ!?」

驚きのあまり、思わずカタコトになってしまう。

黒い鞘《さや》に納められた刀の柄《つか》には黄と黒の文様があしらわれており、鍔《つば》は一際《ひときわ》目立つ金色をしていた。

この世界では初めて見る武器——日本刀が、今私の手の中に存在していた。

「これがウサト君の言っていた、私だけの勇者の武器……？」

ぶっちゃけ、刀について詳しくは知らない。

しかし、私の手の中にあるコレが、私の力を最大限にまで高めてくれるであろうことはなんとなく理解できる。

そう思い、アーミラへと武器を構えようとすると——、

『貴様が勇者スズネか』

「……はえ？」

不意に、刀の方から何者かの声が響いた。

咄嗟《とっさ》にアーミラを見るが、彼女は何も聞こえていないのか首を傾《かし》げている。

私にしか聞こえていない……？

え、つまり、もしかしてこれはアレなんじゃないのかな？

最早、王道といってもいいアレなんじゃないのかな!?

『我が名はファルガ。今、貴様の武具を通して——』

「つ、ついにお喋《しゃべ》り系武器が私の手の中に！」

『……』

いや、ちょっと待って。ファルガってウサト君の言っていた……って、

「危なぁ!?」

「いつまで棒立ちでいるつもりだ。私をなめているのか？」

目前にまで迫っていた炎を避《よ》けながら、額を拭《ぬぐ》う。

距離を取った私に、ファルガと名乗った声が叱《しか》るように厳しい言葉を投げかけてくる。

『戦闘の最中に何を考えている。このバカ者。ウサトの話通りの戯《たわ》けだな、貴様は』

「はい、すみません……」

思ったより毒舌なファルガ様の言葉に、普通に落ち込む。

『はぁ、光の勇者の方は真面目な青年なんだがな。今、我は貴様の武具を通して会話を行っている。まもなくその繋《つな》がりはなくなるが、それまでに武具の扱い方を教えよう』

「わ、分かりました」

『まずはその刀を引き抜いてみろ』

ファルガ様の言葉に従って鞘から刀を抜くと、波打つような文様が刻まれた白銀の刀身が露《あら》わになる。

刀には常に帯電しているように電撃系統の魔力が循環していたようだが、鞘から刀身の全てを抜き放つと、何かが解放されるように刀の柄から私の体にかけて紫電が走った。

雷獣モードと同じ感覚ではあるが、違う。

今までのように無駄に電撃をまき散らしたりはせずに、この刀を通して私という器に効率よく電撃を循環させているような感覚であった。

「これは……！」

『驚いている暇はないぞ』

「え？」

「どこを見ている！」

炎を爆発させることで加速したアーミラが、私の首を両断しようとばかりに迫ってくる。

即座に電撃を纏いながら横に飛ぼうとしたそのとき、私の想定していた以上の加速が発生する。

「ッ！」

雷獣モードを発動していないのに、それ以上の加速をした……!?

一瞬のうちに三〇メートル以上の距離を移動した私は、地面に刻まれた焦げた足跡を見つめる。

『武具に備わった能力は魔力の効率化。それも、貴様に最も適した形で付与されるものだ』

「驚くほど魔力の消費が少なくて、速く動ける……」

刀を握りなおした私は、軽く移動してその場へと戻ってみる。

その速さは、今までの比ではない。

『加えて、その刀の刃にもいくつかの能力が備わっているぞ』

「能力？」

『相対する敵がいるのだ。そいつで試してみろ』

「了解！」

鞘をベルトへと差し、刀を右手で握りしめた私は、アーミラへと相対する。

アーミラも私が来るのを察したのか、剣を構え防御態勢に移った。

「行きます！」

刀から伝わる紫電をその身に纏い、身を低くすると同時に前方へ飛び出す。

電撃を帯びた足跡を地面へと刻みつけながら一気にアーミラの眼前へと迫った私は、正確にカウンターを叩《たた》き込もうとする彼女を睨《にら》む。

『小娘、刀身に魔力を込めろ』

「はい！」

右手を通して刀身に魔力を込めると、白銀の刀身が輝き、バチィッという強烈な音を発し始める。

炎を纏わせたアーミラの剣にそれをぶつけようとすると、彼女は無理やり剣の向きを変え、地面へと叩きつけた。

地面から弾かれた炎に包まれた礫《つぶて》を避けながら、アーミラの行動に驚愕《きょうがく》する。

「剣筋を逸《そ》らした!?」

『己の剣を断ち切られるのが分かったのだろう。相手も相当な実力者だぞ』

「それは分かってます！」

そう返している間に、アーミラは地面に叩きつけた剣を無理やり引き上げ、私の胴体を薙《な》ぐような一撃へと軌道を修正する。

この角度じゃうまく刀に合わせられない……！

ならば、わざわざ打ち合う必要もないし、速さに任せて勝ちを狙いにいく！

「はッ！」

跳躍と同時に剣を回避し、その勢いのまま空中で回転しながら、アーミラの首元へと視線を固定する。

「このまま首を断ち切る……！」

逆さまの視界のまま、アーミラの首を薙ぎにいく。

「させるかァ！」

しかし、相手も並ではない。

自身の体に纏う鎧を燃え上がらせ、熱風で私の体を押し出したことで、私の一撃は僅《わず》かに肩の鎧を斬りつけるだけに留《とど》められてしまった。

仕留めそこなったか……。

一旦《いったん》体勢を整えるべく距離を取った瞬間、刀で刻みつけられた部分から電撃が放たれ、アーミラの体へと襲いかかった。

「何ッ!?　ぐ、うぐ……ッ！」

電撃を食らい膝をついたアーミラを見据えていると、ファルガ様は冷静な口調で声を発した。

『込めた魔力に応じて切れ味を増す。斬りつけたあらゆる物体に電撃を付与させる。この二つが刀の能力のようだな』

試しに地面を刀で軽く斬ってみれば、数秒ほどして電撃が迸《ほとばし》る。

なるほど、つまり使いようによっては罠《わな》のように設置することも可能かもしれないということか。

「さて、この隙《すき》に追撃を……っと」

アーミラが怯《ひる》んでいる間に攻撃を行おうとするが、体に纏った紫電が消え失《う》せ動きも普通の速度に戻ってしまう。

さらに、刀身に帯びていた魔力も消えて普通の刀に戻ってしまっている。

『刀に蓄えられた魔力が尽きたようだな』

「え⁉　もう使えないんですか⁉」

意気揚々と飛び出そうとしたところなのに……！

ショックを受ける私に、ファルガ様は呆れたようなため息を零《こぼ》す。

『話は最後まで聞け、馬鹿者。それを鞘に戻せ。そうすれば刀に力が戻る。だが、タイミングを間違えば致命的な隙に――』

「再チャージとか、ロマンの塊じゃないか……！」

『……まあ、貴様ならば大丈夫だろう。勇者の片割れはとんだ問題児だな』

マイナスな部分も、考えようによってはプラスになる。

私の場合、再チャージというロマン溢れるギミックに気力とテンションが上がる。

『そろそろ武具と我の繋がりが途切れる頃だ。あとは我が説明しなくとも大丈夫だろう』

「助言、ありがとうございました！　次は実際に会って話したいですね！」

『……』

しかしファルガ様からの返事はなく、ブツッと電話を切るかのように声が途切れてしまった。

「あれ……？」

え、これはあれだよね？　返答する前に繋がりが切れちゃったとかだよね？　ナチュラルに会うことを拒否されたとかじゃないよね!?

「さすがは、勇者……いや、勇者というだけで称《たた》えるのは礼を失するか」

「……！」

「改めて名乗ろう。我が名は、アーミラ・ベルグレット。魔王様に仕える──肩書もない戦士だ」

電撃でのダメージは確実にアーミラの体を蝕《むしば》んでいるはずなのに、先ほどまでより強い圧と気迫を感じ、私は鞘に納めた刀に手を添える。

名乗られたからには、私も名乗り返すのが礼儀というものだよね。

「私はスズネ。イヌカミ・スズネだ」

「フッ、人間の身で我ら魔族の力を容易《たやす》く凌駕《りょうが》していくか。人間というのは本当に恐ろしい存在だ。だがな……」

そう言葉を続けたアーミラは、再びその身に炎の鎧を纏う。

これまでとは比較にならない熱量。

十数メートル以上離れた場所にさえ伝わるほどの炎を肌で感じ、彼女が次の一撃にどれだけの力を込めてくるかを理解する。

「イヌカミ・スズネ！　貴様を生かして帰しはしない！　魔王様のため、私の命を懸けて貴様の命をここで刈り取る！」

「そうかい……！　生憎《あいにく》、私は絶対に生きて帰らなきゃいけないんでね！　意地でも超えさせてもらうよ！」

刀を引き抜いた私は、両手で柄を握りしめながらアーミラを睨みつける。

「行くよ！」

この一撃に、チャージした分の魔力を込める！

刀身を覆う魔力が加速し、溢れんばかりの電撃と共に振動し始める。

「来い！」

アーミラの声に合わせ、下段に構えたまま全力で前へと踏み出す。

一瞬で最高速にまで達した私は、炎を振り払いながらアーミラへと刀を振るう。

対して、アーミラは私の動きを予想していたかのように、正確に私へと剣を振り下ろしていた。

「ッ！」

「はあああ！」

炎を纏った剣と電撃を帯びた刀がぶつかり合う。

互いの魔力が弾け、刃物のように体を傷つけるが、それでも前へ踏み出そうとする足は止めない。

「ここで引いたら、確実に負ける……！」

今のアーミラの一撃は、文字通り全身全霊の一撃。

私にはアーミラのように命を賭して戦う理由はないけれど、絶対に生きて帰らなければならない理由がある！

呼吸を止め、柄を握った両手と踏み込んだ足に渾身《こんしん》の力を込める。

そのまま目を瞑り、自分の感情のままに声を吐き出す。

「ウオォォォ！」

「ッ！」

雄叫《おたけ》びと共に全力で刀を振り切り、前方へ飛び出す。

そのままアーミラとすれ違い、勢いで体勢を崩した私は、地面を転がるように体を投げ出した。

「はぁ……はぁ……やった、のか？」

慌てて体を起こしてアーミラがいた場所を見れば、半ばから溶解されたように断ち切られた剣を握りしめたまま、膝を地面へとついている彼女の姿があった。

攻撃が直撃したであろう脇腹からは血が流れていたが、まだ意識を保っていられるとは……。

「……見事な一撃だった。なんとか剣筋は逸らせたが、予想以上の威力だな……」

「まだ、やるかい？」

「フッ、本来ならまだ続けたいところだが……生憎、この戦いは私だけのものではないからな。ここは退《ひ》かせてもらおう」

脇腹を押さえたまま、アーミラはその場で跳び上がる。

すると、どこからともなく飛んできた飛竜の足を掴《つか》んでこの場を離脱してしまった。
引き際も鮮やかだったな。
私も使い魔ができたら、ああいう風に華麗に去ってみたいなぁ。
「はぁぁぁ……。強敵だった。あの雷獣よりも、ずっと……」
戦いにおける覚悟も、気迫も、経験も、明らかに私を上回っていた。
悔しい話だが、この刀がなければ私は彼女に勝つことができなかったかもしれない。
「少し無理をしすぎたかな……いたた……」
さすがに私も無事ではいられなかったようで、体のあちこちが傷だらけだ。
とりあえず刀を納めようとしたとき、ふとこの刀に名前をつけていないことに気付く。
名前付けとは、すなわち直感。
犬切丸……いや、なんか犬の妖怪を斬った逸話があるみたいだから、ボツ。
雷狗《らいこう》……なんか刀っぽくないな、ボツ。
体を休めがてら数秒ほど考え、刀の名前を決定する。
「……この刀は〝犬丸《いぬまる》〟と名付けよう。うん。シンプルイズベストだね」
あとでウサト君に自慢しよっと。
体の痛みに悶えながら、私はそう決心するのであった。

＊＊＊

コーガとの戦いは、削り合いといってもいいほど泥沼の様相を呈していた。

ありえない挙動の高速移動で攻撃をしてくるコーガと、魔力弾とその応用で対応しようとしていく俺。

どちらにも決定打はなく、ただお互いが消耗していくような戦いへと移り変わっていった。

そんな戦いの最中、ある変化が起きた。

『己の心を形にしろ』

コーガとの戦いの最中に、突如として落下してきた謎の物体。

銀色に輝くそれが俺の真上で破裂するように大きな光を発したその瞬間、そんな声が聞こえた。

瞼《まぶた》を開けば、見える世界は真っ白で、唯一まともに見ることができた自分の左手の掌には銀色に輝く球体のようなものが乗せられていた。

なんとなくではあるが、声の主が敵ではないことは分かっている。

だからこそ、なぜウサトの視点らしき記憶と共にそのようなことを言ってくるのかが理解できなかった。

しかし、これも意味のあることなのだろうと思い、その言葉通りに自分の心というものを形にしようとしてみた。

球体を乗せている左手に意識を集中させながら、小さく口を開く。

「……俺は、皆が言うほど器用な人間じゃない」

人付き合いはドがつくほど不器用だし、大事な選択を迫られたときも尻込みして自分一人では前に進めないような弱い男だ。

自分が他人にどう思われているかなんて考えたら、それを知るのが怖くて踏み込めなくなるし、結局何もせずにもやもやとした気持ちを抱えたまま時間が過ぎるのを待つしかない。

「でも……」

俺がこの世界で戦うことを選んだのは、自分の意志だ。

友達のため、自分を慕ってくれる人のため、仲間のために力を尽くそうと思い剣を取った。

たとえ今のようにボロボロになろうとも、あの夜にウサトの前で誓った決意に嘘偽りはないと断言できる。

「ん……？」

そこまで思考すると銀色の光がさらに強まり、左腕に集まっていく。

それに伴い周囲を明るく照らしていた光が収まり、粒子のように霧散して消えると同時に、周囲の景色が戦場のものへと戻る。

困惑しながら前方を見れば、黒い魔力に包まれたコーガが数十メートルほど離れたところで腕を組んでこちらを窺《うかが》っているのが見えた。

「お、ようやく姿を現したか」

「いったい、何が……？」

「まさか戦いの真っ最中に光に包まれるとはなぁ。もしかして、その左腕は新しい力ってやつなのか？　ん？」

自分の左腕を見て、息を呑《の》む。

左腕には、いつのまにか銀色の籠手《こて》が装備されていたからだ。

それはウサトの持つ籠手と酷似しているが、それから発せられる雰囲気と籠手を通して体に流れ込んでくる力は尋常なものではなかった。

『貴様が勇者カズキだな？』

「！　貴方《あなた》は……？」

先ほどと同じ声が頭の中に響いた。

首を傾げこちらを窺っているコーガから、声の発せられた籠手へと意識を向ける。

『我が名はファルガ。今、貴様の武具を通して語りかけている』

「……ということは、これがウサトの言っていた勇者の武具ということでいいのですか？」

『話が早いな。話せる時間はそう長くはない。その間、我は貴様の武具の扱い方を教えよう』

籠手から声が聞こえたことに驚きながら、ファルガ様の言葉に耳を傾ける。

『貴様の籠手は魔力操作を補助するものであり、光魔法をより危険のない魔法として扱えるようにするものだ』

「危険の、ない……」

『光魔法の危険性は貴様も自覚しているだろう？　触れたものを消し去る魔力。強力ではあるが、使い勝手の悪い魔法だ』

ファルガ様の言う通り、俺の魔力に触れたものはなんであれ消滅してしまう。

自分自身も例外ではないので、魔法を拳や剣に纏わせることもほぼできない。

その難点を籠手で補うことができるということは、俺の戦い方もより自由度が増したものへと変わるということだ。

右手で剣を握り、構えを取る。

黙って見ていたコーガは、無邪気な笑みを零した。

「おっと、独り言はもういいのか？」

「……」

「なら、遠慮なくいかせてもらう、ぜ！」

魔力が破裂する音と共に、その場から高速で移動するコーガ。

彼が動き出すと同時に、左手から魔力弾を複数放ち自分の周囲に配置していると、籠手から何かを吸引するような音がしたことに気付く。

「ッ、なんだ？　魔力が回復した？」

『光を魔力に変換させたようだな』

……光合成？

いや、今のは太陽の光を吸収したのか？　変換するのは栄養じゃなくて魔力だろうけど。

「とにかく！　魔力切れを心配しなくてもいいってことか！」

四足獣のように周囲を跳ねながら移動したコーガは、スピードが乗ったところで歪《ゆが》んだ爪を振り上げ、魔力の暴発と共に攻撃を仕掛けてきた。

それに対し、俺は漂わせていた魔力弾を向かわせながら、右手で握りしめた剣で斬り上げる。

「もう動きは見えてるぞ！」

「なら、これはどうだ！」

変則的な移動で魔力弾を躱《かわ》した奴は、バク転しながら剣を避けてしまう。

コーガの背後で何かが蠢《うごめ》くと同時に、尻尾のようなものがこちらへ迫っていることに気付く。

「尻尾!?」

「そらよ！」

すぐさま剣で防御するが、攻撃が当たった瞬間に右手の剣が根元あたりから砕けるように折れてしまった。

「くぅっ！」

耐えられなかったか……！

牙を剥《む》いて俺を切り刻もうとするコーガに、左腕の籠手を活用した魔力を連続で放とうとすると、

『折れた部分は光で補え。柔軟に能力を活用しろ』

「ッ！　はい！」

左腕の籠手を折れた剣の部分に添え、周囲の魔力弾を吸収し、刃《やいば》として光の魔力を再構成させる。

消滅の魔力を伴った剣。

これなら、防御されずにいける！

普通の剣より軽量化されたそれを、目前へと迫ったコーガに叩きつける。

「ハッ、そうくるか！」

体を逸らされ直撃こそしなかったが、光の刃はコーガの魔力の鎧を削り取り、胸から肩の部分に傷を与えることに成功した。

コーガは傷口を押さえながら俺から距離を取ろうとしたが、そうはいかない。

剣を両手で握りしめ、突きの構えをとった俺は、一点に集中させた光の魔力を解放させる。

「光点剣《フラッシュポイント》！」

「げっ!?」

光魔法で構成された剣の刃が、魔力の放出と共に射出される。

こいつは光点剣《フラッシュポイント》の単純な強化版だが、この籠手があれば軌道を修正しながら相手を追尾させることができる！

「面倒な技だな！」

逃げるのを諦めたのか、肥大化させた両腕を大きく振るったコーガは、迫りくる魔力の刃にそれをぶつけ魔力を暴発させることで攻撃を無効化させる。

魔力の暴発で相殺されるうちは、致命傷を与えるのは難しいかもしれないな。

柄だけとなった剣に再び光の刃を作り出し、コーガと睨み合う。

あちらも安易な踏み込みは危険だと理解しているだろうから、もう同じ戦法ではこないだろう。

『カズキ』

「はい」

ファルガ様の声に返事をする。

彼は小さくため息をつくと、静かな声で話しかけてくる。

『貴様は、頭が固すぎる』

「え？」

思いもしない一言に、一瞬だけ頭が真っ白になる。

『柔軟に戦え。ただ魔力弾を操り、放つだけでは未熟だ』

「ですが、どうすれば……」

『ふむ……。貴様の友、ウサトやスズネのように直感を頼りにしてみるがいい。戦術と手段は……まあ置いておくとして、あれらは貴様に足りていないものを備えているからな』

「ウサトと先輩……」

確かに二人の戦いは、俺のように堅苦しい戦い方じゃない。

自分の直感に任せ、自由に……時々、その場で技を編み出したりして状況を打開してきた。

「俺も難しく考えずにやってみるか……。ありがとうございます。ファルガ様」

『礼を言う必要はない。いずれは気付けていたことだろうからな。……そろそろ、繋がりが切れる頃だ。あとの心配はしなくてもよかろう』

「ええ、なんとかやってみます！」

『健闘を祈っているぞ。勇者カズキ』

「はい！」

そう返事すると、それっきりファルガ様の声は聞こえなくなった。

ウサトの言った通り、心優しい方だったな。

気を取り直して自身の頬《ほお》を張った俺は、斬られた部分を黒い魔力で覆っているコーガへと意識を向ける。

「さて、難しく考えるのはやめだ」

掌に魔力弾を浮かべ、それを周囲に漂わせる。

約三〇個の魔力弾を同時に操作しつつ、ゆっくりと深呼吸をしながら光の剣を逆手に持つ。

「顔つきが変わったな」

「ああ、俺もウサトみたいに暴れようと思ってな」

俺の言葉にコーガはおかしそうに肩を震わせた。

仮面のせいで表情は見えないが、嘲《あざけ》っているのではなく単純に面白がっているように思えた。

「ハハッ、できるのか？　俺が言うのもあれだが、相当なもんだぞ、あいつは」

「やってみせるさ」

傍らに魔力弾を引き寄せ、逆手に握った光の剣で弾くようにしてコーガへと飛ばす。

そのまま魔力弾を従えながら、コーガに向かって走り出す。

「自分から向かってきたか！」

「そうしなくちゃ、お前は捕まらないからな！」

コーガとの戦いで自分から攻めるのは初めてだ。

近づいてくる俺を見て背中から四つの鎌を作り出したコーガは、魔力弾に対処しながら迎え撃とうとする。

突進と同時に振るった光の剣と、魔力の暴発を利用したコーガの腕が激突する。

「ハァア！」

「ツ、オォォ！」

魔力の暴発により生じた棘《とげ》は、俺の魔力でも容易に消し去ることはできない。

下手に打ち合わず剣の柄を手放し、近接戦へと持ち込む！

「やりようはある！」

「その前に串刺しにしてやるよ！」

魔力を纏わせた籠手を無造作に振るい、コーガの仮面と胸部あたりから突き出された魔力の棘を削り取る。

「ハハ！　やっぱ、えぐいなぁ！　その魔法！」

後ろに跳び退《の》きながら嬉《うれ》しそうにそう言ったコーガの声は、無邪気な子供のようであった。

一歩間違えれば一瞬で命を落とすかもしれない戦いを楽しんでいる。

きっと、こいつとはどうあっても分かり合えることはない。

そう確信すると共に、言葉にならない感情に歯噛《はが》みしながら、複数の魔力弾を自身の元へ引き寄せる。

「もう、逃がさない！」

足元へ浮遊させた魔力弾を一つに集約させ、力の限りに蹴り飛ばす。

ウサトの治癒魔法弾と同じ原理で飛ばされた魔力弾は、コーガの手前に迫ると同時に分裂し、彼の体へと襲いかかる。

それでも背中の鎌で大多数は防御されてしまったが、そのうちのいくつかが彼の脚を抉《えぐ》っていく。

「がっ……!?」

地面に倒れかけて動きが鈍ったところで、俺は周囲の光を魔力に変換させせながら籠手へと集約させ、系統強化を発動させせる。

「系統強化『集』……！」

魔力を込められた籠手が、キュィインと甲高い音を立て始める。

コーガへ掌を向けた俺は、雄叫びと共にそれを放出した。

「食らえぇぇ！」

放たれた光の魔力は、強烈な輝きと共に奔流となって、眼前の景色を侵食していく。

光系統の魔法による広範囲攻撃。

そのあまりの輝きに、放った俺自身も目を開けていられない。

数秒ほどの短い放出のあとに光が収まると、俺の目の前の地面は扇状に削れ、地面に打ち捨てられた武具すらも消滅し、何もかもが消え去っていた。

「やった、のか……？」

そこにはコーガの姿もない。

……威力が強すぎる。これは混戦では使えないな。

「……ッ！」

そのとき、左腕を通して鈍い痛みが走る。

見れば籠手の隙間から煙のようなものが放出されており、籠手自体も熱を帯びていた。

熱さ自体は感じないけれど、どうやらこの技はそれなりの負荷がかかるようだ。

魔力の使い放題は、さすがに都合が良すぎるか……。

「とりあえず、この場は終わ――」

「ところが、まだ終わってないんだよな！」

「ッ!?」

その声に振り返ると、こちらへと拳を叩きつけようとするコーガの姿が視界へ入り込む。

「そらァ！」

「ぐッ……！」

籠手で受け止めながら、距離を取る。

コーガの姿を見れば、奴の左腕から血が出ている。

「あと少し逃げるのが遅れてたら、跡形もなく消滅していたところだったぞ。ハハハ」

「なんなんだ、お前は……。まともじゃない」

「俺はな、なによりも戦いが大好きなんだよ」

淡々とそう言葉にしながら、コーガは怪我をした左腕を黒い魔力で覆い、止血する。

かなりの怪我のはずなのに、奴は痛がるどころか笑みすらも浮かべている。

「理解できないだろ？　まあ、世の中にはソレしか知らずに生きてきた奴がいるってことだよ。俺のようにな」

「……」

「だがまあ、それを理解した上で俺と戦って遊んでくれたのがウサトだけだったからな。そこは感謝しているよ。本当にな」

そこまで口にして、コーガは魔力で形成した左腕を鎌状に変形させる。

まだ、こいつと戦わなくちゃいけないのか！

俺も左腕に魔力を込めようとしたそのとき、上空から五つの大きな影が降りてきていることに気付く。

「コーガ様！」

俺とコーガの間に割って入るように降りてきたのは、飛竜に乗った魔王軍の兵士だった。

五体の飛竜は俺を威嚇するように唸《うな》っており、その背に乗っている兵士が怪訝《けげん》な様子のコーガへと声をかけている。

「コーガ様、ここは退《ひ》いてください！」

「は？　どういうことだ？」

「第一軍団長補佐からの命令です！」

「……やれたことは、勇者と治癒魔法使いの足止めだけか。我ながら情けないにもほどがあるな。分かったよ、一旦本陣に戻るとするか」

若干肩を落としながら飛竜の背に飛び乗ったコーガ。

その飛竜が空へと上がろうとしたところで我に返った俺は、魔力弾を放って飛竜を落とそうとするが、鞭《むち》のように振るわれたコーガの左腕により弾かれてしまう。

「待て！」

「中途半端で悪いな、光の勇者。また会う機会があったら続きをやろうぜ！」

このまま逃がしてたまるか！

なんとか飛竜を落とそうと試みるが、それを邪魔するように飛竜に乗った兵士達が立ち塞《ふさ》がった。

コーガは放ってはおけない敵だ。

戦いの中で強くなり、常軌を逸した行動に出てくる。

なにより、その戦いへの意欲そのものが異常だ。

しかし、既にコーガを乗せた飛竜はこちらの魔法が届かない空高くへと飛んでいってしまった。

俺は、その姿を睨みつけることしかできなかった。

第三話　決着！　大蛇バルジナクの最期!!　の巻

魔物博士としてバルジナクの管理を任せられた僕の仕事は簡単だ。

愛《いと》しい作品であるバルジナクを魔王軍の拠点から操り、その圧倒的な暴力により敵が蹂躙《じゅうりん》される様を見届けることだ。

「ヒュルルクさん、バルジナクの方はどうなっていますか？」

「一度目の脱皮をしてから、さらに進化していますねぇ。いやぁ、さすがは僕の最高傑作だ！」

バルジナクの視界と通じている水晶を覗《のぞ》き込んでいる僕に話しかけてきたのは、白髪をオールバックにした壮年の男性、第一軍団長補佐のギレッドさんだ。

若者が多い魔王軍の中で数少ない年長者である彼は、余裕を感じさせる温和な口調で続ける。

「貴方《あなた》が最高傑作と称するのならば、戦線はもう少し保《も》つと考えてもいいですね」

「ええ。でも他の子達があっけなくやられちゃったのはなぁ。しかも串刺しだよ、串刺し！　残酷すぎるよ！」

普通サイズのバルジナクは、あの土魔法を操る魔法使いに始末されてしまった。

さすがに旧型では、地面からの魔法攻撃には対応できなかったようだ。

しょうがないと思う気持ちもあるが、悔しい気持ちに変わりはない。

「それより、いいんですか？　第二軍団長とアーミラを退避させちゃったりしても」

「お二人は魔王軍の重要な戦力です。アーミラさんはともかく、コーガさんは文字通り死ぬまで戦うので、ここらで止めておかねばならないでしょう。彼らを無駄死にさせるわけにはいきません」

「……まあ、勇者の足止めっていう最低限の役割がこなせただけマシかな」

第二軍団長のコーガと、その部下である元第三軍団長のアーミラが勇者との戦闘を行っている状況で、ギレッドさんは勇者との戦いから退避するよう二人に指令を出していた。

彼らは僕達にとって脅威である勇者二人の足止めをしてくれたので、結果的にはいい働きをしてくれたけれど、第二軍団長に至ってはほぼ独断専行だ。

「せめて第三軍団長が捕まっていなければな……」

「彼女の捕縛は、こちらにとっても予想外の事態でした」

こういうときこそ、あの滅茶苦茶性格の悪い新第三軍団長ハンナがいてくれたらなって思う。

外面は良くても内面が真っ黒な彼女がいれば、戦況はより好転してくれたはずなんだけれど、彼女は人間に捕縛されてしまった。

その場に居合わせた兵士が『黒い翼の生えた悪魔が攫《さら》っていきました！』だとか『空を飛ぶ治癒魔法使いに攫われた！』というわけの分からない報告をしてきたほどだから、第三軍団長を欠いた戦場がいかに混乱していたかということが分かる。

「おかげで、指揮をできるのが第一軍団長補佐のギレッドさんだけだよ」

「指揮をするだけならば私でも事足ります。しかし、今の戦況は良いとは言えませんね」

「そうだねぇ」

他人事《ひとごと》のように呟《つぶや》くが、第三軍団長の魔法による相手の兵士達への洗脳が解けてしまった今、相手側は徐々に持ち直してきている。

「……これからの戦いは消耗戦となるでしょう。ヒュルルクさん、なるべく魔物をぶつけ、魔族の犠牲を少なくするよう立ち回るようにと、各隊長達へ伝達をお願いします」

「了解」

手元の紙に筆を走らせ伝達する内容を書き込んだ僕は、近くで控えていた伝達用に調教したグローウルフの首輪にそれを括《くく》りつけ、各隊長達の元へ伝えに行かせる。

その姿を見送っていると、近くにいるギレッドさんが何かを呟いていることに気付く。

「このままの戦力で勝利できれば最善ですが……。それが無理ならば、魔王様が見切りをつける前に、最低限の備えをしておかなければ……」

「ん？　魔王様がどうしたんだい？」

「……」

深刻な表情のまま、口を噤《つぐ》んでしまったギレッドさん。

彼の視線は戦場で異様な存在感を放っている大きな竜巻——第一軍団長により作られた規格外の風の魔法に向けられていた。

……僕の質問に答えてくれそうにないし、別の質問をしちゃおうか。

「第一軍団長が心配かな？」

「ええ。ネロ様が宿敵と称する相手との戦いですからね」

そのまま目を瞑《つむ》った彼は、呟くように言葉を続ける。

「恐らく……」

「ん？」

「恐らくですが、ネロ様の戦いが終わったそのとき――この戦争の行方が決することになるでしょう……」

どういうことだ？　たった二人の魔族と人間の勝負で、戦争が終わってしまうというのか？

訝《いぶか》しみながら真意を追及しようとしたそのとき、バルジナクの視界を共有させた水晶に映し出されている映像が大きく揺れた。

バルジナクの鼻先には、白と黒の入り混じった服を着た少年と、白色の槍《やり》を持った女騎士が立っていた。

「ん？」

僕がその二人を認識した次の瞬間、異様な勢いで少年が突っ込んできたあとに、氷の塊が叩《たた》きつけられる光景が映り込んだ。

視界が反転し地面へ叩きつけられ、土魔法でバルジナクの体が拘束されていく。

だが、まだまだバルジナクは健在だ。

この程度ではやられはしない。

しないのだけれど……！

「この人間達、無慈悲すぎない……？」

現実離れした光景を見せられた僕は、呆然《ぼうぜん》とそう呟くしかなかった。

＊＊＊

レオナさんと共にバルジナクと戦って分かったことは、こいつはものすごく頭がいい。

一度見た技はすぐ対応して避《よ》けてしまうし、こちらに対する攻撃もフェイントを入れたり毒で視界を潰《つぶ》してから確実に当てようとしてくる。

なんというか、図体《ずうたい》が大きいくせに本当にいやらしい戦い方を得意としている。

毒を避け、尻尾を避け、噛《か》みつきを避け、その巨体に吹き飛ばされないようにする。

それがバルジナクと相対するときの心構えだ。

ただの物理攻撃でも、その巨躯《きょく》から繰り出されれば一撃で致命傷を負ってしまう。

体が大きいということはそれだけで武器だが、逆を言えば、それは僕達にとって付け入る隙《すき》にもなるのだ。

「オラァ！」

「ハァッ！」

バルジナクが地上にいる僕に噛みつきを行うと同時にそれを躱《かわ》し、レオナさんと共にその頭に飛び乗って攻撃を仕掛ける。

しかし、その攻撃はあまり効果がないようで、一瞬だけ怯《ひる》んだ様子を見せたバルジナクが頭を大きく振って僕達を振り落とす。

「ひゃぁぁ！」

『な、なんとかしろ、ウサト！』

「分かってる！」

宙へ投げ出されながら体勢を整えた僕は、魔力の暴発を用いてレオナさんの方まで飛び、彼女へと手を伸ばす。

「レオナさん、手を！」

「っ、すまない！」

フェルムの黒い魔力で彼女を抱えた僕は、落下する速度を魔力の暴発で緩和させながら着地する。

「思っていた以上に硬いですね」

「ああ、あの鱗《うろこ》に攻撃を通すのは苦労しそうだ。……そ、それと、もう離しても大丈夫だ」

「あ、すみません」

すぐさま黒い魔力を解き、レオナさんから離れる。

余計なことをしちゃったかな？

レオナさんなら、空中で投げ飛ばされてもなんとかできたかもしれないな。

「ジャアァ！」

「投擲《とうてき》部隊、絶え間なく投げ続けろ！」

ハイドさんの指示のもと、ニルヴァルナの戦士達がバルジナクへ数えきれないくらいの槍を投げている。

しかし、それらはバルジナクの鱗を貫けず地面に落ちるだけだ。

「レオナさん、戦い方を変えましょう」

「ん？　何か作戦があるのか？」

「僕が囮《おとり》になります」

「『ええ……』」

僕の提案に、ネアとフェルムが嫌そうな声を上げる。

「……ふむ、普通なら止めるべきだが、君なら平気そうだな」

「いやいや、止めなさいよ！」

「心配するな。私も援護する」

「そういうことじゃないわよ！」

翼をばたばたさせながら懸命に訴えるネア。

しかし、レオナさんは至極真面目な表情のままだ。

「君はウサトの使い魔なのだろう？　彼を信じないでどうする？」

「こいつの滅茶苦茶さだけは信用してるわよ！　絶対変なことやらかすもの！」

常に僕が何かやらかしているみたいな言い方はやめてくれませんかね？

とりあえず、一番動ける僕がバルジナクの囮になるので、その間にレオナさんに大技を出してもらおう。

多分、この状況で最も攻撃力があるのは彼女とハイドさんだ。

「ハイドさんなら僕と貴女《あなた》の動きを見て察してくれるはずですから、すぐに行動に移しましょう」

「了解した」

ニルヴァルナの戦士達がバルジナクの集中力を乱し、僕が囮になり、レオナさんが本命の攻撃を仕掛ける。

レオナさんが僕から離れたのを確認し、ネアとフェルムに声をかける。

「もう一度行くぞ、ネア、フェルム」

「い、嫌よ！」

『ふざけんな！』

全力で拒否するネアとフェルム。

先ほどの無茶を考えれば、そんな反応をされるのも無理はないけど――。

「ギシャアア！　ジエアアァ!!」

「もうあの蛇が僕をロックオンしているから、諦めろ」

「いやぁぁぁ!?」

『うわぁぁぁ!?』

空高く振り上げられた尻尾が、こちらへと振り下ろされる。

ちょっとしたビルなら倒壊するくらいの迫力ある一撃だが、避けられないほどじゃない。

「遅い！」

魔力の暴発を用いて瞬間的に加速、尻尾の攻撃から逃れる。

地面に叩きつけられた尻尾は地面が震えるほどの轟音《ごうおん》と砂煙を上げるが、巻き込まれた人はいないな。

「その程度の攻撃、何度やっても当たらないぞ！　この鈍足！」

「ギィ……ッ！　ジェア……！」

僕の挑発に唸り、紫色の息を吐き出すバルジナク。

目つきもさらに鋭くなっているし、なにより僕以外の周りが見えていないようだ。

……もしかして、怒らせちゃった？

「ネア、もしかして、あいつ……言葉が通じてる？」

「あの反応を見るに、ありえるわね」

ならばと、大きく息を吸って声を上げる。

「お前程度の攻撃なんかに当たるわけないだろ！　お前は結局ただのデカブツに過ぎないんだよ！」

「ジ、ジジ、ジャアアア！」

怒り心頭といった様子で唸り声を上げるバルジナク。

「悔しかったら僕を食らってみろ！　できるもんならなぁ!!」

うまく挑発が成功したのを確認した僕は、満足げに頷《うなず》く。

「よしっ！」

「よしっ、じゃないわよぉぉ！　バカなの!?　やっぱり脳みそまで筋肉になっちゃったの!?」

ベシーンと僕の頬《ほお》を翼でビンタしたネアが、涙目でそう訴えかけてくる。

フェルムは『あー、ボクここで死ぬのかー』と諦めたようにブツブツと何かを呟いている。

なんだい二人して、もう諦めムードかよ。

僕は、ニヒルに口の端を歪《ゆが》めながら腕を組む。

「フッ、ネア。奴が僕達だけに注意を向ければ、それだけレオナさんが攻撃しやすくなる。違うか？」

「僕〝達〟じゃないわよ！　なにさらっと私まで巻き込んでいるのよ！」

「ネア、フェルム、どんなに苦しいときも僕達は一緒だ」

『え？　あ、うん……』

「フェルムゥ！　あっさり騙《だま》されないでぇ！」

そんなやり取りをしていると、こちらを睨《にら》みつけているバルジナクが大きく空気を吸い始めた。

「ハイドさん！　毒がきます！」

僕は大きく叫ぶと、場所を移動してバルジナクの視線を誘導する。

周囲に味方がいないことを確認した僕は、その場で立ち止まり治癒魔法を身に纏《まと》う。

吸い込んだ空気の量からして、奴は広範囲に及ぶ毒を吐き出すつもりだろう。

僕なら逃げられるけど、他の人が巻き込まれる可能性がある。

「ここで受ける！　ネア、毒への耐性を！」

「こうなったら、やってやるわよ！」

「フェルム、ネアと僕の全身を覆って、左腕に盾を！」

『ああ！』

ネアの魔術で毒への耐性が施され、左腕が地面に突き刺すタイプの大盾へと変わる。

僕の頭とネアの小さな体を、闇魔法で作られた衣が包み込む。

「ジャァァァ！」

「ッ、来たわよ！」

それと同時に、バルジナクがこちらへ毒の息を放ってくる。

視界全てを覆いつくす、紫色の毒の霧。

その光景に邪竜との戦いを思い出しながら、地面に突き刺すように大盾と化した左腕を構える。

さらに、踏み込んでいる左足の裏に闇魔法でアンカーを作り出し、風圧で体を飛ばされないよう地面へと突き刺しておく。

「くっ！」

盾に毒の霧が雪崩のように叩きつけられる。

耐性の呪術と治癒魔法のおかげで毒は完全に防ぎ切れているけど、問題はこのあとだ。

盾を地面から引き抜き、毒の霧を受け流すようにそれを解除する。

「ウサト!?」

『お前、何してんだ!?　……ッ!?』

次の瞬間、大口を開けたバルジナクが毒の霧の中から襲いかかってくる。

このまま盾で毒の霧を防いでいたらなす術《すべ》なく食われていただろうが、そういう戦法は既に別の個体で経験済みだ！

「こう来るのは分かってんだよォ！」

魔力の暴発を用いて、地面ごと抉《えぐ》るように繰り出された噛みつきを避ける。

側面へと移動した僕とバルジナクの視線が合う。

「フェルム、槍だ！　できるだけ大きいのを！」

『わ、分かった！』

右腕から棒状の黒い魔力が伸び、その先端に刃が作り出される。

それを両手で力強く握りしめた僕は、リングルの闇のときと同じように、バルジナクの右目にその槍を突き刺す。

「ッ、ジ、ギエァァァァ!?」

「ッ……！」

槍から伝わる生物的な感覚に嫌な気持ちが湧き出てくるけど、甘いことは言ってられない！

こいつは、ここで絶対に倒しておかなきゃならないんだ！

「ウサト、離れなさい！」

「分かってる！」

すぐさま槍の変形を解き、痛みのあまり頭を地面に叩きつけるバルジナクを視界に映しながら、毒の霧の中から脱出する。

「ウサト、無事か!?」

「はい！　右目を潰しました！　今のうちに攻撃を！」

「さすがだな！　全員、一斉攻撃!!」

ハイドさんの声に合わせ、毒の霧の中で暴れまわるバルジナクへ攻撃が放たれる。

「――これだけの質量なら効いてくれるよな」

レオナさんの声が聞こえると同時に、バルジナクの頭上から巨大な氷の塊が落とされる。

その氷塊はバルジナクの胴体を容易《たやす》く押し潰し、周囲に凄《すさ》まじい冷気をまき散らした。

『お前の知り合いの勇者も、色々とおかしいな』

「だ、だいぶ規格外になったわね……」

さすがはレオナさんだ！

あれだけの攻撃を食らえば、さすがにあの蛇だって――、

「ジャァァァ!!」

「っ、まだ動くのか!?」

バルジナクは自身を押し潰した氷塊を砕きながら、その鎌首を上げる。

その憎悪に満ちた視線は、真っすぐ僕に向けられている。

「……ハッ、とことん僕を狙うわけか。こっちにとってはその方が好都合だ」

「や、やっぱり蛇って執念深いのね……」

『お前、恨み買いすぎだろ……』

僕だけを狙ってくれれば、レオナさんも他の人達も思う存分攻撃に集中することができる。

バルジナクにこちらから向かっていこうとすると、僕からそう遠くない位置で魔力を込めているレオナさんから声がかかる。

「ウサト！　次の一撃で決めるから、時間を稼いでくれ！」

「分かりました！」

彼女の声に迷いなく返事し、そのままバルジナクの方へと駆け出す。

奴の周囲は毒の霧に満ちているから、治癒魔法と耐性の呪術は解除できない。

だけど、それでもやりようはある。

先ほど、レオナさんがバルジナクへ叩きつけた氷塊の残骸へと目を向ける。

「あれは使えそうだな！」

左手から束ねた帯を伸ばして、直径一メートルほどの氷塊を帯の先端で覆うように掴《つか》み、そのまま帯を両腕で力任せに振り回す。

「う、ウサト、何するつもりよ⁉」

「人力投石器だよ！　オラァ‼」

僕へ尻尾を叩きつけようとしていたバルジナクへ、氷塊を放り投げる。

右の視界を失ったせいか、奴は避けることもできずその喉元に氷塊が直撃する。

「よぉっし！」

『ネアァ、こいつおかしい！　おかしいぞ‼』

「もうそろそろ慣れなさい！　私もまだ慣れてないけど！」

「次いくぞォ！」

氷塊はまだたくさんある！

それらを次々とバルジナクへ投げつける。

三度ほど直撃を食らった奴はさすがに堪《こた》えたのか、雄叫《おたけ》びを上げながらその全身を使って体当たりを仕掛けてくる。

「ネア、掴まってろよ！」

「ひゃぁぁぁ!?」

腕から伸ばした帯をバルジナクへと巻きつけ、そのまま奴の背中に飛び乗る。

足の裏にスパイクのような魔力を展開させ、暴れまわるバルジナクの体を登っていく。

「図体もでかいから登りやすい！」

「ジャアアッ！」

「おっと！」

胴体ごと食らいつこうとするバルジナクの背から飛び降り、帯を奴の体に巻きつけたまま周囲を跳びまわる。

魔力の暴発も用いながら移動しているから、奴がどれだけ僕の跳ぶ方向を予想しようとしても捕らえることはできない。

「フハハ！　僕にはお前に対する決定打はないが、嫌がらせは得意だぞ！」

「サルみたいね」

『クモじゃないか？　うざいし』

「君達、シャラップ！」

動きまわる僕の挑発にまともな思考ができないのか、奴は躍起になって僕を食らおうとしてくる。

そして自身の攻撃によりその体はどんどん傷つき、次第にとぐろを巻いていく。

「自分で動ける範囲を狭めたか」

「ジギッ、ジャァ……！」

僕へと変わらぬ殺意を向けてくるが、その気勢はさっきと比べて弱々しくなっている。

「お前も生き物だからな、疲れるのは当然だ」

「全然疲れている様子を見せない貴方は何なのよ」

……いや、まあ僕は鍛えているからね？

それに、治癒魔法で回復しているから動けるだけであって――、

「ウサト！　こちらの準備が済んだぞ！　そこから離れろ!!」

微《かす》かに聞こえたレオナさんの声。

横目で彼女の方を確認すると、その原形すらも分からないほどの光を放つ槍を手にしたレオナさんの姿が視界に映り込む。

「駄目押しで怯ませる！」

バルジナクの足元に転がっている氷塊を帯で掴み取ってそのまま引き寄せると、遠心力を利用し

て奴の顔面へと叩きつける。

「ジャッ！」

奴がのけぞったのと同じタイミングで、地面から土でできた鋭利な棘《とげ》が飛び出し、バルジナクの体を貫いた。

「ハイドさん！」

「ハッハッハッ、君だけに良い格好はさせないぞ！　お前ら！　全員でバルジナクの動きを止めるんだ!!」

「「「オォォォ!!」」」

勇ましい雄叫びを上げて、魔法でバルジナクの動きを止めるニルヴァルナの戦士達。

動きが完全に止まったところを見て、僕はバルジナクの背から飛び降り地面へと逃れる。

「よし！　着地!!」

「ち、地上をこんなに恋しく思うのは初めてよ……！」

『跳びまわるのは二度とごめんだ……』

そんなに怖かったのか……。

着地したその瞬間、レオナさんのいる方向から光が放たれる。

光線のように繰り出された輝きを放つ槍は、真っすぐバルジナクの首元へ直撃する。

「ジャ……シャァ……」

槍が直撃したところから、バルジナクの体が凍っていく。

外側からではなく内側から凍《い》てつくようにされているのか、奴の左目から輝きが消え失《う》せても氷の侵食は止まらず、終《しま》いにはその全身を氷で覆いつくして粉々に砕け散ってしまった。

「ようやく倒したか……。すごい魔物だった」

「凄まじい生命力だったわね」

『こいつほどじゃないけどな』

僕がバルジナク以上におかしい生物みたいに言わないでほしい。

しかし、あれだけの巨体を一瞬で凍らせてしまうなんて、やっぱり勇者の名は伊達《だて》じゃないな。

本当に、レオナさんが助けに来てくれてよかった。

バルジナクを倒した安堵《あんど》からか思わずその場に座り込んでしまった僕の元へ、レオナさんがやってくる。

「ウサト！」

団服の砂を払いながら立ち上がり、無事だと知らせるために彼女へと片手を上げる。

「レオナさん。さっきの一撃、本当にすごかったです」

「いや、君の協力がなければあの威力は出せなかったよ。しかし、前以上に凄まじい動きをするようになったな、君は」

「はは、そうですか？」

まあ、フェルムとの同化のおかげで僕の動きに大きな変化が加わったからな。

「バルジナクが倒されたことで、相手の気勢が大分削がれたようですね」

「奴は魔王軍にとっても切り札のような存在だったのだろう。もしかすると、この戦いも終わりに近づいているのかもしれないな」

「そうだといいのですが……」

そのとき、僕とレオナさんの立っている場所からそう遠くない場所で発生している竜巻から、轟音が響く。

「ウサト、あの大きな竜巻はなんだ？」

「……あそこでは、僕の師匠が戦ってます」

「君の師匠？　ファルガ様の魔術で見たあの女性か？」

「はい」

ネロ・アージェンス。

ローズと因縁のある魔族で、僕なんかでは太刀打ちできないほどに強い存在。

そんな相手と今、ローズは戦っている。

正直、不安でいっぱいだ。

ネロ・アージェンスは強すぎる。彼の纏う風の鎧と赤色の剣は、厄介なんてレベルじゃない。

だからといって、あの竜巻の中に加勢に行くことは不可能だ。

よしんば竜巻を超えられても足手まといになるのは目に見えているし、なによりローズの邪魔をしてはいけない。

「あの人なら、勝てます」

自分に言い聞かせるように言葉にしながら、竜巻を見上げる。

あそこでどのような戦いが行われているか、僕には想像できない。

「今は、僕に……僕達だけにできることをしましょう」

「ああ、その通りだ」

まずはバルジナクの毒を吸い込んでしまった人達を癒やそう。

そして、戦場で傷つく人を助けながら走っていこう。

第四話　最強対決！　ローズVSネロ!!　の巻

待ち望んだ戦い。

自身が作り出した竜巻の中でローズと戦いを繰り広げている俺は、第一軍団長としての責務すらも投げ出し、ただひたすら目の前の人間へと意識を集中させていた。

ローズという治癒魔法使いの戦い方は、恐ろしく単純だ。

周囲の何もかもを利用して、敵を叩《たた》きのめそうとする。

単純だが、それがどうしようもなく厄介なのだ。

「オラァ！」

「むぅっ！」

ローズの振るう拳が頬《ほお》を掠《かす》める。

俺は自身の纏《まと》う風の鎧を貫通されながらも剣を翻し、ローズのがら空きになった胴体を切り裂こうとするが、それはもう片方の手で弾《はじ》かれて逸《そ》らされる。

正確に剣の腹の部分を打ち据える、彼女の人間離れした反射神経が成せる技。

攻撃を避《よ》け、弾き、ときには出ばなを潰《つぶ》し、周囲を風で切り刻みながら攻防を続けていく。

「変わらないな、貴様は……！」

「ハッ、そりゃ勘違いだ！」

治癒魔法によりローズの体の傷が癒やされていくが、絶え間ない風の刃《やいば》により次々と新たな傷が刻まれていく。

しかし、それはローズが避けられなかったからではない。

元から彼女は、薄皮を斬る程度の風の刃など避けるつもりすらなかったのだ。

「異常な回復に任せて俺と渡り合おうとする存在は、貴様ぐらいだろう」

「そもそも、この程度の攻撃で私を殺せると思ったら大間違いなんだよ」

以前の戦いもそうだった。

魔剣による斬撃と、危険とみなした攻撃以外は避けずに、むしろ受けながら攻撃を仕掛けようとする。それも、魔剣を介して放った魔法には特殊な効果がないと判断した直後での行動だ。

これほどまでに恐ろしい人間は、他に知らない。

「フッ！」

剣の動きが制限されるほどにまで接近してきた彼女は、執拗《しつよう》に四肢を繰り出し風の鎧を突破しようとしている。

事実、連続して彼女の攻撃を受ければ、いかに堅牢《けんろう》な風の鎧でさえも破られてしまうだろう。

左手に風の魔法を纏わせそれを突き刺すように振るうが、その前にローズが凄《すさ》まじい勢いで頭突きを繰り出してきたことで、攻撃の出ばなを潰される。

「ッ！」

「しゃらくせぇ……！　しゃらくせぇなぁ、おい！　相変わらずテメェは小手先の技しか使わねぇようだな！」

手刀で切りつけた頬の傷を一瞬で治しながら荒々しく挑発してくる彼女に、思わず苦笑が漏れる。

「小手先か、言ってくれるな……！」

小規模の風の渦を複数作り出し、ローズへと向かわせる。

「オラァ！」

しかしローズは意に介さんとばかりに、足を蹴り上げて全て消し去ってしまった。

あの治癒魔法使いの少年、ウサトには効いた技だが、彼女相手には意味がないか。

思考を切り替え、彼女が拳を突き出す前に突進を仕掛ける。

そのまま激突して互いの前腕をぶつける体勢に移りながら、自身が纏う風の鎧を全力で補助し、ローズの怪力と真正面から勝負する。

「やはり、強いな」

「そんなことを言うためにここに来たのか？」

腕力のみで俺を押し飛ばしたローズは、右足を高く上げ、そのまま地面へと踵《かかと》を叩きつける。

「オラ！」

ローズが右足を振り下ろすと、地震と錯覚するほどの振動と共に地面が蜘蛛《くも》の巣《す》状にひび割れ、足元を取られる。

風でバランスを保ちながら剣を横薙《よこな》ぎに振るうも、いつの間にか懐へと潜り込んでいたローズが、大きく引き絞った右腕を俺の胸部へと叩きつけてきた。

「ッ！」

視界が反転し、空を舞う。

拳で宙へと打ち上げられたか……！

「ぜぇぇい！」

空中で体勢を整え、眼下にいるローズ目がけて連続して不可視の風の刃を放つが、ローズはその刃が見えているかのように攻撃を避けながら地上を駆ける。

地上へと叩きつけられた風の刃が地面をブロック状に切り刻み、それが風によりせり上がり、戦いの場を変容させていく。

「よくもまあ、避けてくれる！」

恐らく、僅《わず》かな空気の流れと感覚のみで避けているのだろう。

まるで本能に任せて暴れまわる獣と相対している気分に駆られていると、こちらへ接近しているローズが何かを投げつけてきていることに気付き、剣で対応する。

「礫《つぶて》か！」

子供騙《だま》しのような攻撃だが、ローズの腕力で投擲《とうてき》されたものなら話は違う。

直撃すれば風の鎧を貫通し、俺の体に風穴を開けるだろう。

並外れた剛力は、魔法よりも恐ろしい。

続けて迫る礫を剣で両断しながら着地すると、それに合わせてローズが俺の魔法により隆起した地面に拳を突き刺し、そのまま腕力のみでブロック状の岩塊をこちらへと放り投げてくる。

「そら、よッ！」

俺を押し潰さんと迫るそれを両断すると、さらに大きな岩塊を担いだローズが、跳躍と共にそれをこちらへ叩きつけようとしている姿が迫る。

「潰れろォ！」

「ッ！」

完全に虚をつかれ、上から押し潰されるように岩塊が直撃した。

風の鎧を最大まで展開し防御したが、さらに岩塊を叩きつけるように積み上げたローズは、駄目押しとばかりに拳での打撃を打ち込んでくる。

「……貴様も、力技だけでは俺には勝てんぞ！」

風の鎧を一瞬だけ解放させ隙間《すきま》を作り、剣を横薙ぎに振るい岩塊を切り刻む。

「本当にしぶてぇ野郎だな」

「それはお互い様だろう？」

魔族を遥《はる》かに上回る身体能力に研ぎ澄まされた感覚、それに治癒魔法という要素が合わさることによって、人間の枠を超越したローズという存在が作られている。

「ウサトという弟子も、貴様と同じなのか？」

「……ああ、そうだろうな。少しばかり私とは違う形で成長をしているが、いずれは私を超えるだろうよ」

「貴様がそこまで言うほどとはな……」

俺を足止めするためにたった一人で前に出てきた少年、ウサト。

彼が時間稼ぎを目的としているのはバレバレであったが、それでも俺は興味本位に手合わせをしてしまった。

その気になれば一瞬にして勝負がつくにもかかわらず、だ。

未熟ながらも、彼は確かにローズの弟子であった。

「……」

俺にも、弟子がいた。

アーミラ・ベルグレット。

執念に駆られてからは碌《ろく》な修行をつけてやれなかった、才能に溢《あふ》れた弟子。

ほぼ独力で俺と同じ技術を会得するほどの才を持つ彼女に、師匠としての役割を放棄せずに指導してやっていたら——今頃、彼女はどれほどの強さになっていただろうか？

今となっては手遅れだと分かってはいるが、ローズを、そして彼女の弟子であるウサトを見て、そう考えずにはいられなかった。

「貴様は、俺を憎んではいないのか？」

「あ？」

「貴様の部下を殺し、その右目を奪ったのは俺だ。それにもかかわらず、お前から憎しみは微塵《みじん》も感じられない」

この戦いで、ローズの攻撃に憎しみが込められているようには思えなかった。

怒ってはいるのだろう。というより、戦っている間は常に怒っているような女だ。

しかし、あれだけの仕打ちをした俺に対して、彼女は心を乱すことなく戦っていた。

それが、俺には理解できなかった。

「確かに、テメェのしたことは許しがたいことだ。私の最も信頼していた部下達を、ふざけた方法で死なせたんだからな」

「ならば、なぜ貴様は俺を――」

「うるせぇ」

その言葉への返答は、強烈な拳であった。

鋭くこちらを睨《にら》みつけたローズは、治癒魔法の魔力を煙のように漂わせた拳を振り下ろす。

突き刺すような一撃から生じる衝撃は風の鎧を貫通し、腹部に鈍い痛みを与えてくる。

なんだ、今の一撃は!?

打撃の上からさらに衝撃が叩き込まれただと!?

いったい、どういう原理の技を繰り出してきたんだ?

「己惚《うぬぼ》れんじゃねぇぞ、ボケが。テメェとの因縁なんぞ、私の中じゃとっくに終わったことなんだよ。テメェの戦う理由欲しさに、私を巻き込むんじゃねぇ」

「ッ!」

「つまらねぇ問答はここまでだ。さあ、こいよ、ネロ・アージェンス。その情けねぇ面《つら》を凹《へこ》ませてやるよ」

いつの間にか手に付着した血を払ったローズは、以前と何一つ変わることのない、強い意志を込めた瞳を向けてくるのだった。

＊＊＊

あいつらが死んだときの光景は、今でも鮮明に思い出すことができる。

あの出来事からしばらくの間は、失意と絶望のどん底にいた。

未熟だった自分自身と、ネロ・アージェンスに対しての怒り。

そして、絶え間なく湧き続ける魔族に対しての憎悪。

一時は、そのまま魔王領に乗り込んで片っ端から魔族を殺してやろうなどとバカなことも考えていた。

もしそれを実行していたら、私は間違いなく外道へと墜《お》ちていただろう。

それだけ残虐なことをしでかしてもおかしくないほどに追い詰められていた私が踏みとどまることができたのは、副隊長――アウルの死に際の言葉があったからだろう。

『私は、貴女《あなた》の下で戦えて、後悔していません』

ネロの魔剣をその身に受け、致命傷を負いながらも口にした言葉。

『貴女はずっと私達の憧れのままでいてください』

治癒魔法をかけようと必死になっていた私に、場違いなほど穏やかに微笑《ほほえ》んだ彼女は、その最期に決して消えない鎖を遺《のこ》していった。

『それが、隊長、貴女なのです、から……』

その言葉が、私を繋《つな》ぎとめた。

あいつらの憧れた私のままでいることが、生き残ってしまった自分にできる唯一のこと。

復讐《ふくしゅう》に走ろうとする私を見たら、あいつらはきっと笑っていただろう。

きっと「そんなことするなんて隊長らしくない」と、バカみてぇに大笑いするはずだ。

だからこそ、私はあいつらに顔向けできるように生きようと決意し、救命団を作った。

立ち止まるのではなく、前に進むために。

「ロォォズ！」

ネロの怒声で我に返る。

あぁ、今は戦いの最中だったな。

地面を滑るような挙動で接近してくるネロに、拳を構える。

ネロ・アージェンスとの二度目の戦い。

一時は殺意に溺れ命を刈り取ろうとした相手だが、奴と再び相対した私は、自分自身でも驚くほど冷静であった。

連続して放たれる風の刃を手刀でかき消し、ネロを迎え撃つ。

こいつと戦う上で注意すべき点、それは魔剣に当たらないことだ。

「フンッ！」

胴を薙ぐように振るわれる魔剣の腹の部分に裏拳を当て、強引に逸らす。

剣先から放たれた風の刃が遥か後方へと飛び、私達を囲う竜巻に激突すると、一際《ひときわ》大きな風が背後から吹き荒れる。

ネロは、流れるような剣捌《さば》きで続けざまに斬撃を繰り出してくる。

「変わらず、魔剣頼りか」

攻撃の出ばなを潰し、剣の腹の部分を拳で弾き、避ける。

それで魔剣自体には当たらなくて済むが、それだけでなんとかできるほど目の前の魔族は生易しい相手ではない。

「ハッ！」

後ろに退《さ》がりつつ魔剣に対応している私に、掌《てのひら》を向けたネロは突風を放ってきた。

「ッ！」

突然の風に後方へ飛ばされる。

空中で体勢を整え地面へと着地すると同時に、こちらへ一際大きな風の刃が迫る。

系統強化による風の斬撃か！

「これは避けねぇとまずいな……！」

その場で跳躍し、風の刃を回避。

しかし、宙へと飛んだ私の眼前には、既に腰だめに剣を構えたネロが突撃を仕掛けていた。

「オォォォ！」

目を見開く私に、ネロは唸《うな》り声と共に魔力を乗せた剣を解き放った。

胴体に衝撃が走り、魔剣に込められた魔力がかまいたちとなって放たれ、全身に裂傷を刻み込む。

しかし、それでも私の胴体はまだ繋がったままだ。

「調子に乗るなよ……！」

「ッ、なんだと!?」

全身の傷を治癒魔法で癒やしながら、口元をこれ以上なく歪《ゆが》める。

「何度、テメェの剣筋を見せられたと思っているんだ？　ああ？」

拳で挟み込むように剣の腹を押さえ込んでいる私に、ネロの目が大きく見開かれる。

「血に塗《まみ》れながらも笑うか、この化け物が……！」

「私の方が攻撃を受けているんだ。少しぐらい、テメェにも食らわせねぇとなぁ！」

互いに地面に着地する瞬間を狙い右腕を大きく振り回し、剣を持つネロの腕を巻き込むように首にひっかけ、地面へと叩きつける。

「ッぐ……！」

当然、風の鎧で無傷なことは分かっている。

だが、それも剥《は》ぎ取っちまえばいいだけの話だ。

そのまま足首を無理やり掴《つか》み無造作に振り回しながら、地面へと叩きつける。

一度叩きつけるごとに、土の塊が粉々に砕け散るように破裂する。

それほどの衝撃を受けながらも、ネロはその手に持った魔剣を離さず、生意気にも風の魔法を土くれに当てて衝撃を抑えようとしてやがる。

「上等だ！」

さらに力を込めてネロを叩きつけたあと、そのまま放り投げて衝撃で悶《もだ》えている奴の腹に蹴りを叩き込む。

「オラァ！」

ネロはそのままぶっ飛ばされていくが、感覚からして風の鎧を突破できなかったようだな。

以前よりも確実に堅牢になってやがる。

「さっきのアレが原因か？」

くだらねぇことをほざいていたネロをぶん殴ったときに使った技術。

ものは試しとばかりに使ってみたが、思いのほかネロに効果があったのは、私にとっても予想外だった。

しかし、それにより警戒心を増したネロは、風の鎧をさらに堅牢なものへと変えてしまった。

裏を返せば、その技術を用いればネロの鎧を貫通できるということになる。

「お前は本当に予想がつかないやつだな、ウサト」

この場にいないあいつのことを思い出しながら、笑みを零《こぼ》す。

本当なら、あいつで最後のはずだった。

救命団を作った私が最初に求めたのは、有事の際に私の代わりに動くことのできる治癒魔法使いだった。

それが、死なない部下。

私と同じ治癒魔法使い。

しかし、その目論見はものの見事に失敗に終わった。

目標とする治癒魔法使いの基準に至るための訓練に、どの治癒魔法使いもついてくることができなかったからだ。

諦めかけたときに、ウサトを見つけた。

「フッ……」

思い出すのは、かつて誰もが心折れて逃げ出した訓練の中で、反骨精神の塊のようなギラギラとした目を向けてくるウサトの姿だ。

あのときは、柄にもなく本気で驚いた。

ただのガキだと、すぐに泣きだして逃げ出すだろうと、そう思っていたが、実はとんでもなくおかしなやつだったんだ。これで驚かねぇ方が無理だ。

「そのときからだろうな」

アウル達の言葉に従いながら、あてどもなく前へ進み続けようとした私が、明確な目標を決めたのは……。

「ウサト、お前が私の時間を動かした。アウル達じゃねぇ、他ならぬお前だ」

アウル達は、立ち止まっていた私の背中を押してくれた。

そしてウサトは、あてのない私に道を指し示した。

「終わりにしようぜ。ネロ・アージェンス」

砂煙を吹き飛ばした先に立っているのは、一段と強い風を放つネロの姿。

未《いま》だに無傷なままの奴は、私の言葉を否定するように強く握りしめた剣を横に振るう。

「いいや、終わらない……！　俺の戦いは、あのときからまだ続いている……！」

「なら、なおさら終わらせるべきだろうよ」

こいつは、私が選ぶかもしれなかった道の一つだ。

自分の部下に死を強制させてしまった自責の念を、私と戦うための執念へと変えてしまっている。

そうすれば死んじまった奴らに報いることができると思い込んで、こんなにも必死になって戦おうとしている。

だからだろう。奴の葛藤が、私には手に取るように分かっちまう。

それでも認められないのか、ネロは魔剣に魔力を纏わせながら周囲の風を引き込み始める。

「……どうやら、あっちも本気のようだな」

恐らく、さっきのように剣を止めて防ぐことはできないだろうな。

かといって、私の攻撃が当てられたとしても風の鎧で防がれちまう。

「一撃で仕留める……か」

確実に風の鎧を破壊した上で拳を叩き込まなきゃならねぇ。

そのためには、風の魔法で逃げられねぇように、直接奴の動きを止めるしかねぇってことだ。

どうするべきか決断した私は、右腕に魔力を注ぎ込む。

そのまま、右拳を引き絞りながらネロへと構える。

「……」

「……」

不気味なほどの静けさに包まれながら、互いに睨み合う。

竜巻の風を切る音が響く中、身を低くさせたネロが動き出した。

空気が爆発したような強力な風に押し出され、こちらへ突き進んでくるネロ。

その両手に握られた魔剣は上段に構えられており、私を両断するつもりのようだ。

そこまで目視し、フッと短く呼吸を吐いた私は、歯を食いしばって半歩分だけ前へ歩み出て——、

「ッ……！」

ネロの魔剣の根元にあたる部分を、一旦《いったん》左肩で受けとめる。

「自ら刃を受けただと!?　血迷ったか！」

刃が肩へと食い込む感触と痛みを肌で認識すると同時に、左腕で剣の柄《つか》をネロの両手ごと掴み取る。

「テメェを直《じか》にぶん殴るにはこうするしかなかったみてぇだからな……！　これでもう逃げられねぇだろ？」

魔剣で斬り込まれた肩からは血が溢れ、地面へと滴っていく。

治癒魔法で癒やせない傷を負ってしまったが、こいつを倒せるなら安いもんだ……！

左手でネロの両手を押さえつけながら、力と魔力を込めていた右腕を大きく引き絞る。

「私の自慢の弟子の技だ。食らっておけ！」

あえて魔力を暴発させる、ウサトの用いる技術。

あいつは特別な籠手《こて》を介することにより危険のない技として扱っていたが、危険性を無視すれば
その技は同じ治癒魔法使いである私にもできるものだ。

地面が抉《えぐ》れるほどの踏み込みと共に、拳を叩き込む。

拳がネロの体に接触すると同時に、ありったけに込めた魔力を暴発させて、ネロの風の鎧を破壊
する。

そして、拳からの鮮血と共に放たれた衝撃で剥《む》き出しとなったネロの生身に、渾身《こんしん》の拳を直撃さ
せる。

「がぁ……ッ！」

ネロの体がくの字に折れ、魔剣を握っていた手の力が弱まる。

それに構わず、しっかりとネロの体を左手で固定させた私は、そのまま拳を押し出しながら走り
出す。

「このくらいじゃやられねぇのは知ってんだよ！　悪いが、徹底的にやらせてもらうぞ！」

「グ、オオオォォォ……！」

全速力でネロを押し出した先——竜巻により生じた風の壁の目前まで辿《たど》り着くと同時に、腕を振
り切りネロを竜巻へと叩きつけるようにぶっ飛ばす。

猛烈な勢いでネロが竜巻に突っ込んでいくと、あれほど周囲に被害をもたらしてきた巨大な竜巻が、一瞬にして消え失《う》せてしまった。

「……とんでもねぇ技を思いつくもんだな、ウサトは」

ネロがぶっ飛ばされた方向を睨みながら、肩に残ったままの魔剣を引き抜く。

忘れようもない、血のように赤い色をした剣。

「……こんなもの、さっさと壊すべきだろうな」

誰かに拾われて悪用されるわけにもいかないなと考えていたが、肩の痛みに僅かに顔を顰《しか》める。

それよりも先に、肩の傷だな。

「思ってたよりも傷が深《ふけ》ぇな。こいつを治さねぇ限り、左腕はほとんど使い物にならないな」

傷に作用する呪いが解けるまで、左肩を治癒魔法で治すことはできない。

団服のポケットから包帯を取り出し服の上から強く巻きつけるが、あくまで応急処置に過ぎない。

本来なら、一旦拠点に戻ってきちんとした治療を行うべきだが、その前にまずやらなきゃならねぇことがある。

「さて、仕留めたか確認しにいくか」

もちろん、あの程度でくたばるような奴じゃないのは分かっている。

まだ立てるようだったら、徹底的にぶちのめしてやる。

左肩を押さえながら、ネロがぶっ飛ばされた方向へと歩を進める。

その途中、連れてこられた魔物の死体が放置されており、その近くには魔族と人間の亡骸《なきがら》も見える。

「……」

数秒ほど目を閉じたあとに再び歩を進めると、ネロが飛んでいった方向に魔王軍の兵士の姿を捉えた。

そいつらは私に気付くと、困惑するように顔を見合わせている。

想定外の事態に驚き、怯《おび》えているようだ。

「どけ」

「ヒッ!?」

ネロが私にぶっ飛ばされたことに、相当動揺しているらしい。

慌てふためく兵士達を見て足を止めていると、前方の砂煙が晴れる。

「ッ、ガハッ……」

そこには膝を突いて腹部を押さえ、口から血を吐き出しているネロの姿と、彼を回復魔法で癒やそうとしている魔族の兵士の姿があった。

「……ッ、追ってきたか」

「だ、第一軍団長……っ！」

奴は私の姿を見ると、血反吐《ちへど》を吐きながらも立ち上がってみせる。

「今のは、効いたぞ……。まさか、あのような技を隠し持っているとはな」

「私の弟子の技だ。なかなかのものだろ？」

「……フッ、なるほど。あの少年はまさしく貴様の弟子だったのだな。大したものだ」

そこで気付く。

先ほどまで奴から感じていた執念が感じられなくなっていることに。

「すまない。そこの君、剣を貸してくれないか？」

「っ、しかし！　その体では……」

「ここから離れていろ。そして、俺と彼女の戦いに手を出さないでほしい」

そう言葉にして、魔族の兵士からなんの変哲もない普通の剣を受け取った奴は、それを杖《つえ》にして立ち上がる。

ネロの持つ剣は、どこにでもあるような平凡な代物だ。

この戦場で使われたせいか刃こぼれも目立ち、あと少しで砕ける寸前といったところだろう。

「目が曇っていたのは、弱くなっていたのは……俺の方だったな」

「いや、違うな。もとから私の方が強かったに決まってんだろ。寝言抜かすなボケ」

「……相変わらず口の悪い奴だ」

場にそぐわない笑みを浮かべるネロに、私は手に持っていた赤い魔剣を投げつける。

足元に飛んできた魔剣を目にしたネロに対し、私は挑発するように笑ってみせる。

「使ったらどうだ？　別に構わねぇぞ。私は」

「……いいや、もう必要ない」

そう言って風を纏わせた足を振り上げた奴は、魔剣を容易《たやす》く踏み砕いてしまった。

あの魔剣は、奴にとっての強さの証《あかし》だったのだろう。

遠巻きにこちらを窺《うかが》っていた魔族達は、ネロの行動に動揺を露《あら》わにしている。

「このようなものに頼ってしまったのが、そもそも間違いだったのだ」

自身の執念との決別。

踏み砕いた魔剣を一瞥《いちべつ》もせずに私を睨みつけた奴は、その手に持った剣の切っ先を私に向けてくる。

「最早、復讐などではない……！　俺は、俺のために貴様を討つ！」

「ハッ。変な能書き垂れるより、そっちの方が分かりやすいな」

奴には全身に風を纏うほどの魔力は残っていないが、先ほどまでの戦いよりも厄介だろうな。

ネロは、全身全霊で私を殺しにかかってくるんだ。

手負いと思ってなめてかかる方がバカだろう。

左肩の傷の痛みを無視し、右拳を強く握りしめる。

「ロォオズ！」

剣に風を纏わせた奴がこちらへ迫る。

血反吐を吐きながら鬼の形相を浮かべる奴に、固く握りしめた右拳を繰り出す。

突き出された剣と拳が交差し、そこを中心に突風が吹き荒れる。

「が、はっ……！」

「私の勝ちだ。ネロ」

届いたのは、私の拳だった。

ネロが繰り出した刺突は私の頬を掠め、空を切っていっただけだった。

深々と突き刺さった拳を引き抜くと、奴はそのまま地面へと倒れ伏した。

「あぁ、分かっていたが……やはり強すぎるぞ、貴様」

「チッ、さっさと気絶しろ」

しぶとく意識を保っているネロを見下ろしながら舌打ちすると、何がおかしいのか奴は笑いだした。

「そして感慨に耽《ひた》る暇もないほどに、理不尽だ」

「当たり前だ。私はテメェなんかに構っている暇はねぇんだよ」

「だから、俺を殺さないのか？」

「知らん。死にたきゃ勝手に死ね」

私と戦いたかろうが、私に殺されたかろうが、そんなの知ったことか。

そろそろ煩わしくなってきたので、ネロを気絶させるべく拳を固めて近づこうとしたそのとき、顔を上げたネロがどこか悟ったような表情を浮かべながら血に塗れた口を開いた。

「貴方様は、そうなさるおつもりですか……」

「あ？」

奴らしくない敬語。

私……いや、この場にいる誰でもない何者かに声を上げたネロは、そのまま空を見上げ、さらに言葉を続けた。

「……ならば、俺は貴方様の選択を尊重します。魔王様」

「ッ!?」

その瞬間、これまで感じたことのない悪寒に苛《さいな》まれた。

何かが、来る。

その出どころを真っ先に察知した私は、すぐさま頭上を見上げ——言葉を失う。

「な……!?」

空を覆う雲の隙間に見える、黒色の文様。

目視できるほどに過密かつ大量に浮かんだそれは、魔法陣のような円形になりながら、この戦場の全てを覆いつくすほどの規模にまで広がっていた。

それと同時に、私の背後から先ほどまでは感じなかった気配が複数現れ、こちらに迫ってきていることに気付く。

すぐさま迎撃しようと背後を振り向いた私の視界に入り込んだのは、先ほどまで死体だったはずの魔物、グローウルフであった。

「死体が動いている、だと?」

「ギ、ウ、ォォォ!」

掠《かす》れた叫び声を上げた数体のグローウルフは、私に目もくれずそのまま素通りすると、怪我で動けない魔王軍の兵士をくわえ、そのままどこかへ連れていこうとする。

「……ローズ、貴様の勝ちだ」

死んだ魔物が動き出す異常な状況の中、立ち上がったネロはそのまま風の魔法を発動させこの場から消えてしまう。

「チッ、あの野郎。言いたいことだけ言って消えやがって……」

死体だった魔物達が、動けない魔族達を無理やり運んでいく。

今のグローウルフの体にはウサトの使い魔、ネアの用いる魔術と同じ文様のようなものが刻まれているな。

「魔術か。だとすれば空のアレは……」

再び空を見上げると、雲より高い位置に浮かぶ黒い魔法陣から光のようなものが発せられる。

目を細め、それを誰よりも速く認識したその瞬間、私は自身の傷すらも無視し、全速力で部下達のいる拠点へと向かう。

「魔王って奴は、とんでもねぇ大馬鹿野郎らしいな……！」

魔法陣から放たれ、雲をかき消しながら落ちてきたモノは――数えるのもバカらしく思えるほど多数の魔力を帯びた火球。

今回の戦いは、魔王軍の戦力の全てを懸けた戦いだったのだろう。

負けてしまえば、もうあとはない。

だからこそ、魔王軍側は絶対に勝たなければならなかった。

つまり、これをやった奴はこう言いたいのだろう。

〝ただでは勝たせない〟

全てが台無しになる。

ここまでの戦いも、犠牲も、何もかも。

それを理解し、肩の痛みも忘れるほどの怒りを抱いた私は、頭上から降り注ぐ脅威から味方を守るために駆け出した。

閑話　不吉の予兆

リングル、サマリアール、ニルヴァルナ、カームヘリオ、四王国による連合軍と魔王軍との戦い。

強大な力を持つ魔王と、その配下の軍団長が率いる魔王軍は恐ろしい上にとても強い。

それでも、平和のために、そして自分達の大切な人を失わないために、たくさんの人達が戦場へと向かっていった。

そしてウサトも今、救命団の副団長として戦場で戦っている。

「ウサト……」

私は、戦いが行われているであろう方角の空を見上げる。

今、リングル王国内には緊迫した空気が漂っている。

多くの人々はもしものときに避難できるよう荷物をまとめて、いつでも出発できる準備を整えている。

私も店先でカバンに荷物を詰めながら、今の自分にできることをしている。

「アマコ、心配はいらないさ」

私を住まわせてくれている女性、サルラさんが安心させるようにそう語りかけてくれる。

「きっと、皆無事に帰ってきてくれるさ。あんたの大切な人もね」

「うん……」

私を心配させないためか、明るい笑みを見せた彼女は、私と同じ方向を見て肩を竦《すく》める。

「まあ、こんな言葉じゃ気休めにすらならないかもしれないけどね」

「ううん、そんなことない」

悲観しているだけじゃ駄目だ。

私は、ウサト達が無事でいることを信じなくちゃならないんだ。

「ウサトは、きっと大丈夫。それは近くで見てきた私が一番よく知ってるから」

今までも、ウサトはたくさんの試練を乗り越えてきた。

そのどれもが普通じゃないくらいに大変なものだったけれど、ウサトは誰かと力を合わせることでいつだってそれを乗り越えてきた。

ウサトなら、心配なんていらない。

今も、彼の周りには頼れる仲間がいるから。

スズネにカズキにネア、それにブルリンや救命団の人達。

ウサトの頼れる人、ウサトと一緒に戦える人がいるなら、彼はどこまでも強くなれる。

私は、確信を持ってそう言える。

「……」

でも、嫌な想像をしないわけではない。

もし……もし、ウサトが死んじゃったらどうしよう。

ルクヴィスを出発したあと、ウサトがネアに刺される予知を見てしまったときのような、強い悪寒に苛《さいな》まれる。

「こういうときに限って、予知は私に何も見せてくれない……」

いや、逆に見えなくてよかったのかもしれない。

私がこの戦いの行く末を予知してしまうということは、その結果が避けられないものだと決定してしまうことと同じだ。

我ながら都合のいい甘い考えだと分かってはいるけれど、そう思わずにはいられない。

「アマコ、どうしたんだい？　顔色が悪いよ？」

「……ううん、大丈夫」

……悪い方向に考えすぎちゃ駄目だよね。

頬《ほお》を軽く張って気を取り直した私は、心配そうに顔を覗《のぞ》き込んでくるサルラさんに笑顔を向ける。

「もう大丈夫。心配いらないよ」

「そう？　ここは私に任せて休んでもいいんだよ？　朝からずっと手伝ってくれているしさ」

「ううん。サルラさんももう齢《とし》だし、ちゃんと手伝う」

「ははっ、言ってくれるねぇ」

軽く茶化すように返しながら、木箱を両腕で抱えるように持ち上げる。

いざ、それを運ぼうと家の奥に向かおうとしたそのとき、私の視界が眩暈《めまい》と共に明滅する。

「っ!?　こ、これ……は……」

普段、寝ているときにしか発動しないタイプの予知。

なんで今、こんなときに!?

意識があるまま予知が発動してしまったことに動揺しながらも、壁に手をつきなんとか倒れないように堪《こら》える。

視界に映る景色が明滅と共に塗り替えられてゆき、今見ている景色とは別の景色が映し出される。

『――私が、貴様達に絶望を与えてやろう』

焼け焦げた戦場。

ウサト、カズキ、スズネの前に現れる禍々《まがまが》しい存在感を放つ長髪の魔族。

『人間は愚かだ。そこの二人と同じ景色を見せてやろう』

ウサトの頭を鷲掴《わしづか》みにしながら、その魔族が何かをしようとしている。

わけの分からない状況に私は吐き気すら感じてしまうが、それでも予知は終わる気配を見せず、次の場面へと移り変わる。

『この世に、私やお前達の存在は不要なのだ』

満身創痍《まんしんそうい》のウサト達を相手に、魔族の男がネアの使うような魔術をいくつも展開して戦っている。

そこでようやく、私はその男が何者かを知る。

「そん、な……」

予知が終わると同時に強烈な眠気に襲われた私は、そのまま倒れてしまう。

なんでもっと早く予知を見られなかったの?

もっと早く見られていれば、あの戦場に最悪の存在が降り立つことをウサト達に忠告できたはずなのに……。

もう、何もかもが手遅れだ。

ただ先を見ることしかできない私は、ウサト達の無事を祈るしかなかった。

第五話　魔王降臨！　降り注ぐ暴威‼の巻

ハンナが敵の手に渡り、コーガとアーミラは退避。

ヒュルルクの造った魔物、バルジナクも全て排除された。

そして、ネロまでもが治癒魔法使いに敗北を認めた。

「ネロ、貴様が負けを認めたか」

私の全盛期の時代の戦士達と比べても屈指の実力を持っていたネロが、人間を相手に敗北を認めたという事実に、私は少なからず驚愕《きょうがく》していた。

執念に囚《とら》われていたやつが、自身の死をもってではなく生かされたまま敗北を認めた。

それが意味するのは、ネロの執念を消し去るほどの力を持つ者がいたということに他ならない。

「……頃合いか」

戦場から遠く離れた城の玉座で戦況を知覚した私は、ゆっくりと立ち上がる。

傍らに控えている侍女のシエルが、何事かと思ったのか首を傾《かし》げる。

「魔王様、いかがなさいましたか？」

「外だ」

「……はい？」

「外に行こうか、シエル」

要領を得ないといった表情のシエルをよそに、私は広間の扉から階段へと通じる通路へと歩み出る。

「魔王様、何をなさるつもりなんですか……？」

「私がやるべきことをしようと思ってな」


暗い階段を、一段ずつ上っていく。

かつての活気に溢《あふ》れた城の面影はなく、今では城のほとんどの者が戦いへと赴き、残っているのは城の管理を任されている侍女と数人の守衛くらいしかいない。

それほどまで、魔族という種族は追い詰められていた。

勇者に封印されていた私を頼るしか、残された手段がないほどに。

「あの……私は、ついていかない方が……」

「いいや、ついてきてくれて構わない」

足を止めかけるシエルにそう返事をしながら、階段の先を見上げる。

城の頂上、最も高い位置から魔王領を見渡すことができる場所。

開けた屋上に出た私は、そのまま戦場の方角を向く。

「……」

私は、自身の力のほとんどを魔王領を維持するために注《つ》ぎ込んでいる。

一度供給を途絶えさせてしまえば、魔王領の大地は瞬く間に死んだものへと逆戻りするだろう。

そうなれば、この地に生きる同胞達は再び飢えに苦しむことになる。

そのため、私自らが戦うことはできず、今まで城の中で行動と力を制限されていた。

しかし、自らに課した枷《かせ》を破らなければならない時がきてしまったようだ。

「暫《しば》しの間、魔王領に私の力を及ぼすことができなくなる」

「え……？」

同胞を生かすために、私が今から行うこと。

封印される以前――勇者との決着をつける前の私ならば嘲《あざけ》るような行動ではあるが、やらなければならないのだ。

「これから連合軍へと攻撃を仕掛ける。それで、私は大部分の力を使い切ることになる」

「……戦っている皆さんを助けるため、ですか？」

「それだけではないが、そうとも言えるだろう」

多数の国による戦力が密集しているうちに、相手側に痛手を負わせたいという理由もある。

「最初から魔王様が攻撃をしていれば、兵士の皆さんが戦いに行く必要はなかったのでは……？」

「そう考えるのも当然だろう。しかし、それは到底無理な話だった」

人間側が連合を組んで兵力を密集させているからこそ、この手段が行える。

しかし、ここから大規模な攻撃を行えば魔王領に回すべき力が枯渇してしまい、魔族という種族は力を失ってしまうだろう。

シエルもそれが分かっているのか、顔を俯《うつむ》かせた。

本来の力であればこの場にいながら戦うこともできたが、今の状態でそれは無理だ。

なにせ、私の力の大部分は未《いま》だ奴に封印されたままなのだから。

私個人への戒めなのか、それともこうなることが分かっていたのかは定かではないが、我が宿敵ながらやることが陰湿だ。

「すまないな」

「……はい」

シエルは「そんなこと言わないでくれ」と言葉にしたかったはずだ。

あえてそう言葉にしなかったのは、私の心情を汲《く》み取ってくれたからだろう。

気を遣わせてしまったことを申し訳なく思いながら、私は掌《てのひら》に魔力を集めて魔術を発動させる。

「心を伝える魔術――伝心の呪術」

伝えるのは、戦場からの退避とこれから行う攻撃への備え。

軍の者に退避するように指示した私は、次の魔術を発動させる。

「亡骸《なきがら》を操る魔術――傀儡《かいらい》の呪術」

「亡骸……？」

私の呟《つぶや》きに、シエルがやや怯《おび》えた反応をする。

「死した魔物を操り、逃げ損ねた同胞を退避させるだけだ。本来の使い方は、お前の想像通りではあるがな」

あらかじめ私の力で干渉しておいた魔物が死んだあとに、その亡骸を操る。

遠隔では短い時間しか効果を維持できず、単純な命令しか行えないという欠点はあるが『魔族の兵士を退避させろ』という命令なら遂行できるだろう。

操った魔物に兵士達を退避させるよう命じたところで、シエルにこの魔術について簡単に説明する。

「この魔術は特別でな。かつてこの魔術を習得した術者は、自身の子孫に魔術そのものを埋め込み、人間とは異なる存在へと変貌させた。今ではネクロマンサーと呼ばれる魔物がそれだ」

「は、はい……」

操った魔物達が続々と同胞達を逃がし始めたのを感じ取ると、次の魔術を発動させる。

「空間を繋《つな》げて魔力のみを転移させる魔術——魔転の呪術」

本来は半永久的な魔術を機能させるための魔術なのだが、今回は魔術そのものを魔法陣として戦場の空へ張り巡らせる。

目の前に展開させた戦場の空へ繋がる魔法陣に掌を添え、私は最後の魔術を発動させる。

「火炎の呪術」

単純に炎を放つ魔術だが、これは魔力を込めれば込めるほど、その範囲も威力も際限なく高まり続けるものだ。

その魔術に私の魔力のほとんどを注ぎ込み、連合軍へと絶え間ない火炎の雨を降らせる。

体の内にある魔力が削れていく感覚。

「……この程度の威力では、力のある者には容易《たやす》く防がれてしまうのだろうな」

火球の威力はそれほど強くはないので、ある程度の実力者にとってはなんら脅威にはならないだろう。

しかし、一般兵士程度なら話は別だ。それが我が軍との戦いのあととなれば、なおさらだろう。

力のある者が対処に追われているその隙《すき》に、同胞達が生き延びてくれればいい。

「……戦士達よ。お前達の命は勝利よりも重く、尊いものだ」

彼らの犠牲を、ただの敗北で終わらせるわけにはいかない。

今回の戦争が終われば、人間達は魔族という種族を完全に滅ぼすために魔王領へとやってくるだろう。

だからこそ、その前に彼らには痛手を——、

「いや、違うな」

「え？」

「最早、魔族は人間に勝つことはできん。滅びゆく運命が決定づけられてしまっている」

ここで同胞を生かし、逃がしても、人間達は追ってくる。

後顧《こうこ》の憂《うれ》いを断つために、魔族という存在を滅ぼしにかかるだろう。

どれだけ時代が変わっても、守るべきもののためにそのような選択をするのが人間なのだから。

「私がいたとしても……いや、私の存在こそが、魔族を滅ぼしてしまう一因となってしまったのかもしれないな」

今さらな事実に、思わず自嘲《じちょう》する。

しかし、現状を嘆いてばかりはいられない。

私は目の前に掌を掲げ、新たな魔術を発動させる。

「転移の呪術」

目の前に、人一人が通れるほどの白い渦が発生する。

その名の通り、あらゆる場所への転移を可能にする魔術。

術者の技量により転移される範囲が限定される高等な魔術ではあるが、私にとってはこの魔王領から遠く離れた場所へ繋ぐなど容易なことだ。

「ちょ、ちょっと待ってください！」

渦に向かって歩み出そうとしたそのとき、シエルが呼び止めてきた。

振り向くと、その表情は困惑しているように見える。

「どこへ……どこへ、向かおうとしているのですか？」

「戦場に決まっているだろう。それ以外にどこがある」

そう冷たく言い放つが、それでも彼女は気丈に瞳を合わせてくる。

改めて、強い女だと思う。

「どうして……」

「魔族を生かすためだ」

そう言い放つと、シエルの表情が歪《ゆが》む。

彼女に背を向けたまま再び歩み出そうとすると、彼女は私のマントを両手で掴《つか》んでくる。

「魔王様、おやめください……！」

「不敬だぞ」

「私の首一つで済むなら、それでいいですっ！」

私が何をしようとしているのかを察しているのだろう。

いくら冷たい目を向けようとも、涙を浮かべ睨《にら》み返してくるシエル。

封印される以前の私では覚えることのなかった感情に、自嘲的な笑みを零《こぼ》してしまう。

「貴様と会えたことは、私にとっては幸運なことだったのだろうな」

「魔王さ――」

「眠れ、シエル。貴様まで私についてくることはない」

魔術で眠らせた彼女を抱えたまま転移の呪術をもう一つ発動させ、私の玉座のある空間へと繋げる。

その玉座に彼女を慎重に横たえさせ、今一度転移の呪術により生じた渦と向き合う。

その先の戦場の景色を視界に映したまま一歩踏み出したそのとき、前触れもなく私の身体を中心にして、四方に白い半透明の鎖が現れた。

「む？」

いや、これは正確に言うのなら〝現れた〟のではなく、元から〝あった〟と言うべきだな。

「……フッ、そういうことか。どこに私の魔力を封印しているのかと思っていたが、やはり貴様は性格が悪いな」

私の身体に繋がれた半透明の白い鎖は、周囲の遥《はる》か先へと延び、地上へと埋まっていた。

私の封印された大部分の力は、魔王領という土地そのものに埋められ、そしてその過剰な力が土地を腐らせ、草木を枯れさせていたのだ。

この時点になるまで私に気付かせもしないとは、さすがというべきか、執念深いというべきか。

「どちらにしろ、奴は魔族も憎んでいたからな。当然か」

もしくは意趣返しか。

奴は、私の力のせいで自分の治める土地とそこに暮らす魔族が滅びていく様を見せつけようとしたのか。

……性格が悪すぎるのではないか？　我が宿敵よ。

「ならば、なおさらだな」

一歩踏み出すごとに、私の身体に繋がれた鎖がひび割れていく。

鎖と共に、私という肉体を構成する魔力を引きちぎりながら、一歩ずつ踏み出していく。

その先に、私が向かうべき場所がある。

魔族を救う。

魔族を生かす。

それを成し遂げるために、私はあらゆる手段を尽くそう。

たとえ、どのような犠牲を払ってでもな。

＊＊＊

レオナさん、ハイドさんとニルヴァルナ王国の戦士団の力を合わせ、バルジナクを倒すことができた。

それに伴い、魔王軍の兵士達が何かに急《せ》かされるように逃げ出していく。

勝利の喜びに打ち震えるニルヴァルナの戦士達を見て、僕自身もようやく安堵《あんど》していたが、すぐにそれがぬか喜びだと思い知らされることになった。

空に浮かんだ黒い魔法陣から、大量の火球が僕達のいる戦場へと落とされたのだ。

動揺しながらも、ネアに何か分からないか訊《き》いてみる。

「ネア、空のあれは魔術か!?」

「あんなふざけた規模の魔術なんて知らないわよ！　そもそも、生物が扱える魔術の範疇《はんちゅう》を超えてんじゃないの!?」

『ウサト！　来るぞ！』

話している間に、炎の球が迫ってくる。

これに巻き込まれないように、魔王軍の兵士達は慌てて逃げていたのか……！

いや、今はとにかくこの状況をなんとかしなくては！

「一応訊いておくけど、何をするつもりなの？」

「火球を防ぎながら、味方を逃がす！」

「フェルム！　そろそろこいつの扱いは分かったわよねぇ!?」

『そんなもの、とっくの昔に知ってる！　最後まで付き合ってやるよ！』

フェルムの闇魔法で両腕に剣、両肩からコーガと同じ鎌のような鞭《むち》を創り出し、空を見上げる。

とりあえず目先の炎を迎撃しようとしたそのとき、八つの槍《やり》が空へと向かって飛んでいく。

「ウサト！」

「レオナさん！」

氷で作られた槍が別々に動き、青白い軌跡を描きながら次々と火球を貫いている。

彼女は滑るように僕の隣にやってくると、頭上の槍を操作しながら僕へと話しかけてくる。

「私一人では全てを防ぐことはできない！　君はハイド殿と共に、ここにいる人々を頼む！」

「分かりました！　ここは任せます！」

この場はレオナさんに任せ、ここにいる人達を逃がすために動く。

動けない人達をできる限り背負いながら、周りの騎士達に精一杯の声を投げかける。

「皆さん、ここから逃げてください！　魔法の使える人は仲間を庇《かば》いながら火球を防いで！　怪我人を連れている人は僕の近くに来てください！　……ッ！」

レオナさんの槍での迎撃をすり抜けた火球を、左腕の剣を伸ばし切り裂く。

耳をつんざくような爆発と共に火球は消え失《う》せるが、それでも火球は次々と落ちてくる。

それらに対処しながら味方を逃がしていくが、防ぎきれない火球が地上へと落ち、爆発と共に周囲の人々を傷つけていく。

『魔族は撤退したはずなのにっ、どうして!?』

『逃げろ！　逃げるんだ！』

『熱いッ、うわあああ！』

それはまるで、地獄のような光景であった。

僕は、想像もしなかった最悪の展開に動揺せずにはいられなかった。

すると、拠点の方向へと退却を促している僕の視界に、光のようなものが地上から空へ上がっていく光景が広がる。

「あれは……！」

そう遠くない場所から、眩《まばゆ》い光を発する電撃と、目視できるほどの輝きを放つ光の球が空へと飛ばされ、それらがレオナさんの槍と同じく落ちてくる火球を迎撃していく。

「先輩にカズキ……。二人とも無事だった……！」

二人の魔法を見て心の底から安堵した僕は、自分のやるべきことをしようと前に進み出る。

『ツ、ウサト！　また来てるぞ！』

「くそっ！」

拳を固く握りしめながら火球を迎撃すべく、立ち向かう。

「こうなったら、意地でも！　このあとぶっ倒れてでも！　自分の使命を全うしてやる！」

火球が一つ落ちる度に、いくつもの悲鳴が上がり、衝撃で人々が傷ついていく。

その光景をまざまざと見せつけられた僕は、怒りに奥歯を噛《か》みしめながら駆け出す。

「皆を守るぞ！」

『これ全部対処するつもりか!?』

「そのつもりでやるんだよ!!」

両手に治癒魔法弾を作り出し、さらに肩から黒騎士の腕を模した二つの腕を生やす。

火球の大きさは大小さまざまで、小さいものでもバスケットボールくらいはある。しかも、地面に落ちれば火花と礫《つぶて》が飛ばされて危険だ。

ならば、地面に落ちる前に炸裂《さくれつ》させてしまえばいい。

「治癒魔法乱弾！」

『腕の操作はボクに任せろ！』

「私は耐性の呪術を！」

ネアの魔術で、僕の身体に炎への耐性が付与される。

放たれた治癒魔法乱弾は空から降ってくる火球を誘爆させ、迎撃し損ねた火球は肩から伸びた腕が鞭のようにしなりながら叩《たた》き落としていく。

だけど、火球を迎撃しているだけじゃない。

視界の端で怪我をした仲間の騎士に肩を貸している人を認識すると、そちらへ飛び出し彼らの守りに入る。

「治癒魔法双掌！」

両腕から放った衝撃波で、一気に火球を消し去る。

「う、ウサト殿……！」

「諦めないでください！」

団服から黒い魔力を伸ばし、怪我をしている騎士さんの傷を応急処置程度に癒やす。

「早く逃げてください！　怪我した足は治しましたから！　動ける人は怪我人を守りながら火球を迎撃してください！　地面に当たる前に落とせば、幾分か危険度は下がります！」

「ッ！　了解しました！　ウサト殿もお気をつけて！」

「はい！」

騎士二人が退避したところで、僕も次の行動に出る。

怪我人を庇い、火球を打ち消しながら戦場を駆けまわる。

「危ない！」

その最中、火球に当たる寸前のニルヴァルナの戦士を庇うが、その一瞬、僕の気が緩んでしまう。

同時に、僕の頭上から落ちてきた火球が間近に迫る。

「フェルム！　防ぎなさい！」

『くそ、間に合わな――』

せめてニルヴァルナの戦士に被害が及ばないよう庇っていると、突風と共に緑色の髪の女性が現れ、一瞬にして火球を蹴りで消し去った。

「気ぃ抜くな、ウサト」

「だ、団長……！　ありがとうございます！　あやうくネアが焼き鳥になるところでした！」

「私だけ!?　なんで私だけ焼かれる感じなの!?」

スタッと僕のそばに降り立ったローズにお礼を言う。

彼女は左肩を血で真っ赤に染めながら、座り込む僕に右手を差し出してくる。

「ほれ」

遠慮なくその手を取り立ち上がった僕は、ニルヴァルナの戦士を避難させる。

一安心したのも束《つか》の間《ま》、再び次の火球が空から降り注いでくる。

慌てて治癒魔法弾で迎撃しようとすると、ローズが目にも留まらない速さで投げた魔力弾が、先に火球を消し去った。

「ボケッとすんな」

「……はい！」

退避する人達を支援しながら、ローズと共に火球を対処していく。

「団長、怪我をしているように見えますけど大丈夫ですか？」

「こんなもんかすり傷だ。大したことねぇよ」

「……ネロは、倒しましたか」

「少々手こずったがな。お前が心配するようなことにはなってねぇよ」

「それは、よかったです」

多分……いや、絶対にこの人は我慢しているな。

でも、それを指摘すると『余計なお世話だ、この野郎！』って怒られそうだから、言わないでおこう。

思わず黙り込んでしまった僕を一瞥《いちべつ》したローズは、口元を歪めながら闇魔法で黒く染まった僕の団服を指さす。

「それはそうと、随分と愉快な姿になっているじゃねぇか。それはフェルムか？」

『な、なんでボクだって分かるんだ……？』

「見りゃ分かるに決まってんだろ」

『嘘《うそ》だろ……？』

フェルムと同化していることは、雰囲気とかでなんとなく分かるのだろう。

この人の直感は、ある意味超能力みたいなものだからな。

「ウサト、フェルム、ネア。今から私が出す指示をよく聞いておけ」

「はい！」

火球を蹴りで消し去りながら、ローズの言葉に耳を傾ける。

「恐らくだが、まだこの戦いは終わらねぇ。お前達は怪我人の退避と火球の対処を優先させながら、勇者と合流しろ」

「戦いが終わらないって……どういうことですか？」

「……私の勘だが、用心するに越したことはねぇ。この場は私に任せて、さっさと行け」

確かに、魔族が退避したからって戦いが終わったと決まったわけじゃない。

ローズの言葉に僕は今一度強く頷《うなず》き、彼女に背を向ける。

「団長も気を付けて！」

「ハッ、誰にもの言ってんだ。テメェは自分の心配だけしてりゃいいんだよ」

ローズとそんな言葉を交わし、僕は再び戦場を駆けていった。

＊＊＊

あたりはまた轟音《ごうおん》と悲鳴に包まれている。

息苦しさを覚えながらも、僕は周囲を見回しながら逃げ遅れた人を捜す。

「ウサト、まずは近くにいるレオナと合流するわよ」

「ああ！」

先輩とカズキのいる場所は、さっき空に上がった魔法の位置でおおよそ把握している。

ネアの言葉通り、まずはレオナさんと合流するべく火球を避《よ》けながら戦場を駆ける。

「……っ！」

「ひっ!?　なに、この感じ……？」

しかしそのとき、体全体が凍りつくようなとてつもない悪寒を感じた。

ネアも同じものを感じ取ったのか、きょろきょろと周囲を見回している。

気付けば、あれほど苛烈《かれつ》に降り注いでいた火球は止まっており、雲の隙間からは太陽の光が差し込んできている。

そして、その雲の隙間から何者かが降りてくるのが見えた。

その姿が鮮明になるにつれ、僕の身体を苛《さいな》む悪寒の正体がはっきりしていく。

『そんな！　どうして、あいつがこんなところに……！』

「フェルム、もしかして、あれは……」

『クソ、絶対に来るはずがないと思っていたけど、まさかこんなときに来るなんて！』

フェルムも動揺を露《あら》わにしている。

褐色の肌に、他の魔族よりも強そうで大きな体格の男。

その男から放たれる雰囲気はこれまで感じたことがないほど強く、思わず屈してしまいたくなるほどに重々しいものだった。

『魔王だ！　魔王がこの戦場にやってきたんだよ！』

僕達が召喚された理由であり、僕達が倒すべき相手。

その魔王が、まるで神を思わせるような雰囲気と共に空から舞い降りてきたのだった。

閑話　似た者同士

救命団の灰服の仕事。

それは治癒魔法使いとして戦場で傷ついた人を癒やすこと。

私は、今回が二度目の戦場となる。

次から次へと黒服の人達が連れてくる怪我人を癒やしていく中で、心が折れそうなときが何度もあったけど、私なんかよりもずっと大変な使命を背負って戦っているローズさんやウサト君達のことを考えると、挫《くじ》けてなんかいられない。

「お、終わったの……？」

伝令に来た騎士さんが伝えてくれたのは、ローズさんが魔王軍の第一軍団長を倒したということ、二人の勇者が魔王軍の第二軍団長とその部下を撃退したこと、そしてウサト君がニルヴァルナ王国の人々と共に、戦場に毒をまき散らし暴れまわっていた大きな蛇の魔物を討伐《とうばつ》したということだった。

「ウサト君、頑張りすぎだよ……」

治療した人達からは、ウサト君が、第一軍団長に遭遇したり、第二軍団長と戦闘したり、第三軍団長を捕獲したりと、戦場のいたるところに出現して軍団長に喧嘩《けんか》を売りまくっているような状況だったということを聞いていたので、ものすごい不安を感じていた。

その度に彼の無事を願っていたけど、今度は大きな蛇の魔物と戦っていたなんて、ウサト君はもうちょっと自分を大事にした方がいいと思う。

しかし、その報告に安堵《あんど》するのも束《つか》の間《ま》、戦場に真っ赤な炎が降り注いできた。

それは私達のいる拠点にも襲いかかり、たくさんの人達が燃え上がる炎に逃げ惑うしかなかった。

そんな中でも、私達の護衛を任されているアルクさん達は、空から落ちてくる炎という暴力に毅然と立ち向かっていた。

きっとアルクさん達がいなければ、私達だけではなく、今ここで怪我で苦しんでいる人達の命もなかっただろう。

その場で降り注ぐ炎を捌《さば》き切ったアルクさんは、息を乱しながらも、私達の安否を確かめるようにこちらへ振り向いた。

「皆さん！　お怪我はありませんか!?」

「は、はい！」

「よかった……！」

この場にいる私とお兄ちゃん、それと救命団の活動を手伝いに来てくれている人達、そしてここで寝かされている怪我人も全員無事だ。

アルクさんはゆっくりと呼吸を整えたあとに、そのまま同僚の騎士に指示を飛ばす。

「消火作業を急げ！　こちらに火の手が回らないように注意しろ！　ここだけは絶対に落とさせて

はいけない!!」

「分かってるよ！　全員、聞いたな！　すぐに行動に移すぞぉ!!」

「「おお！」」

あれだけの動きをしたあとにもかかわらず、すぐに行動に移してくれる騎士さんに驚くが、私もボーッとしちゃいられない。

あの空から落ちてくる炎は、戦場にも降り注いでいる。

つまり、その被害にあった人達もここに来るはずなのだ。

「……ここからが正念場だ。ウルル」

「うん、そうだね。お兄ちゃん」

お兄ちゃんの顔色が少し悪い。

手伝いに来てくれた人達がいなかったら、今頃お兄ちゃんは倒れてしまっていただろう。

「「連れてきたぜぇ！」」

黒服のトングとグルドが、炎の攻撃を受けた人達を担いで運んできた。

「こっちのベッドに連れてきてー！」

「おう！　いやー、なんか上からやべぇもんが降ってきてたな」

「どこのバカが落としたんだろうなァ。危うく怪我した奴に当たるところだったぜ」

「あれを落とした奴は頭おかしいだろ」

「だよなー」

二人はこちらに怪我人を引き渡すと、そんな会話を交わしながらすぐに戦場へ戻っていってしまった。

ローズさんとウサト君ばかり注目されるけれど、彼らも十分にすごいんだよなぁ。あの炎の雨の中を駆け回ってくれていたんだし。

「……よしっ！」

医療道具を確認し、黒服が運んできてくれた人達を診る。

治癒魔法が必要ない程度の怪我なら、魔力の節約のため包帯や薬を用いて治療することになっている。

大きな怪我ではないことを確認した私は、すり潰《つぶ》した薬草を消毒した傷口に被《かぶ》せ、その上から包帯を巻く。

早く、手際よく、丁寧に、なにより判断を見誤らないように注意し、処置を済ませてから次の怪我人の治療へと取り掛かる。

「ウルルさん、そろそろ休んでください。このままじゃ、貴女《あなた》の方が倒れてしまいますよ……」

救命団の活動を手伝ってくれている女性の一人が私を気遣ってか、そんなことを言ってくる。

確かに、戦争が始まってからずっと動きっぱなしだ。

だけど、ここまできて休むわけにはいかない。

「ううん、大丈夫だよ。こう見えても体力はあるからっ！」

「……分かりました」

そう言った彼女は私の前に立つと、治療しやすいように道具を差し出してくれる。

「貴女の負担が減るようにお手伝いします」

「……うん、うん！　ありがとう！」

やばい、こんなときなのに泣きそうだ。

「それじゃ、火傷《やけど》用の薬を取ってもらってもいいかな」

「了解しました」

彼女の手を借りながら、治療を再開する。

それから何人も火傷などで傷ついた人達の治療をしていくと、二人の怪我人を担いだローズさんがこの場にやってきた。

ローズさんの姿に気付いた私は、すぐに彼女の元へと駆け寄る。

「団長さん！」

「おう、ウルル。こいつらの怪我を癒やしておいた。そこらに寝かせておけ」

担いだ怪我人を周囲にいる人に渡した団長さんは、そのまま空いている寝台に腰かけ、肩に巻いている包帯を外す。

「おい、そこのお前」

「は、はひっ！」

団長さんに声をかけられた女性は、びくりと肩を大きく震わせる。

そんな彼女に構わず、団服を脱いだローズさんが指示を飛ばす。

「糸と針を持ってこい。それと包帯と薬草、腕を固定する布も頼む」

「た、ただいまお持ちします！」

慌てて道具を取りに行った女性の姿を見送りながら、私は団服を脱いだローズさんの肩の傷に注目する。

剣で斬られたような痛々しい傷跡。

治癒魔法で癒やしてないってことは、例の傷に対する魔法を無効化する剣の攻撃を食らってしまったのだろうか？

「団長さん、その傷……」

「心配ねぇ。見た目より深くない」

「見た目通りに深いですよ！　こんな傷で動き回ったら駄目じゃないですか!!」

普通なら、まともに動けないはずの激痛が襲いかかっているはずだ。

それなのにこの人は、こんな傷のまま戦場で動き続けていたなんて……！

「それより、第一軍団長に傷つけられたやつらは無事か？」

「え、ええ。団長さんの指示通り、今できる限りの治療をして命を繋《つな》ぐようにしています」

「……そうか」

第一軍団長の剣で傷つけられた人は治癒魔法を施すことができないので、道具や薬で治療しながら、呪いの効果が消えるまで延命させていくしかない。

いや、それよりも今はローズさんの方が重要だよ！

「ちょっと横になっててください。もう戦いは終わったんですし、大人しく寝てください。私が治療しますから……」

「いいや、まだだ」

「え？」

「この戦いはまだ終わってねぇ」

「え、もう軍団長は撤退して、魔王軍も退避していっているんじゃ……」

依然として険しい表情のままの団長さん。

そんな私達の元に、救急箱をかかえた女性が戻ってきた。

「お、お持ちしました！」

「おう、悪いな」

「い、いえ！」

救急箱を受け取ったローズさんは、それを私に差し出してくる。

「ほらよ」

「はい？」

呆気《あっけ》にとられていると、彼女はニヤリと笑みを浮かべる。

「お前がやってくれるんだろ？　頼むぞ」

その悪戯《いたずら》っぽい笑みに、私も思わず苦笑をこぼしてしまう。

「……もう、本当に団長さんって自分勝手です。分かりましたよ」

ローズさんが何を考えているか分からないけど、これだけは言える。

この人は、本当にウサト君と似てる。

いや、ウサト君が似ちゃったんだろうけど。

こっちの心配もお構いなしに動くところとか、滅茶苦茶なところとか、その他諸々《もろもろ》、本当にそっくりだ。

第六話　決戦！　最後の敵!!　の巻

空から降りてきた魔王は、一目見ただけでとんでもない力を持っているのが分かった。

既に、僕の周りに退避している人々はいない。

いるのは、空からゆっくりと降りてきている魔王を呆然《ぼうぜん》とした様子で、中には見惚《みと》れているように見上げている戦士達だけだ。

僕は気丈に心を保ちながら、一歩、また一歩としっかりと歩を進めていく。

「ウサト！」

そんな僕を見つけたレオナさんが、こちらに近づいてくる。

見たところ、火球の影響を受けていないことに安心しながら、彼女と共に空を見上げる。

「ウサト、あれはやはり……」

「ええ。フェルムも言っていましたが、あれが魔王……らしいですね」

「とてつもない力を感じるな。まさか、このタイミングで出てくるとは思わなかった」

「同感です」

レオナさんに続いて、先輩とカズキもこの場にやってくる。

「どうやら、あれが私達の倒すべき最後の敵というわけだね」

「戦いでは何が起こるか分からないってシグルスに教わったけれど、これはさすがに予想外だな」

先輩は日本刀、カズキは左腕に僕と似たような籠手《こて》を装備している。

よかった、ファルガ様の武具をしっかりと受け取ることができたんだな。

「レオナさんが私達の武器を持ってきてくれたのかな？」

「ああ、見たところものにしているようで安心した。……あ、スズネ殿には一度会ったが、そちらの勇者殿とは面識がなかったな。私はミアラークの勇者、レオナだ」

「カズキです。レオナさんですね。貴女《あなた》のことはウサトから聞いてますよ」

「え、そ、そうなのか？」

互いに短く自己紹介を済ませたあとに、しっかりとその姿が見える位置にまで降りてきた魔王を見る。

誰もが口にしなくとも分かる。

僕達は……いや、先輩達は今から勇者としての使命に則《のっと》って魔王と戦うことになる。

それが、先輩とカズキがこの世界に呼ばれた理由。

そいつが降り立つ場所へ向かって、僕達は肩を並べて歩き出す。

「ウサト君、どうだい？　私の武器」

「かっこいいですね」

「刀だよ。刀。ジャパニーズブレード、ニホントウだよ？」

この状況で、そのテンションは正直やばいと思います。

隣を歩きながら刀を見せつけてくる先輩に、ややげんなりする。

いや、確かに先輩のイメージに刀はがっちり嵌《は》まっているけど。

そう思いながら、カズキの左腕に装備されている籠手に注目する。

「あ、カズキの籠手、僕とお揃《そろ》いなんだね。ツートンカラーでかっこいいね」

「特に意識してなかったんだけど、不思議とこういう形になっちゃったんだよな。まあ、色々と使い勝手はいいぞ」

カズキのは僕の籠手とデザインこそ似ているが、その能力はかなり違っているのだろう。

というより、僕の籠手が異質すぎるだけかもしれないけど。

カズキの左腕の籠手を見てそう思っていると、彼の背中にある剣が新しいものに変わっていることに気付く。

「あれ、カズキ。その剣は……」

「ああ、コーガに折られちゃったから、代わりのものを持ってきたんだ。使い慣れてたものじゃないけど、戦う分には問題ないぞ」

剣を折られるほどに苛烈《かれつ》な戦いだったってことか。

先輩の服とかもだいぶ汚れてたし、やっぱり軍団長クラスは一筋縄じゃいかない連中ばかりだ。

「三人の勇者に一人の化け物。そして四つの勇者の武具が揃ったわけね」

「ナチュラルに僕を化け物にするな」

ネアの言葉にツッコみながら隣を見れば、レオナさん、先輩、カズキの持つ勇者の武具が確認できる。

僕の籠手は……まあ能力的には大したことがないのは自覚しているけど、硬さだけが唯一の取り柄なので盾ぐらいにはなるだろう。

レオナさんにもらったポーションのおかげで魔力はまだまだ残っているし、十分に動ける。

「今さらなんですけど、僕って足手まといになりませんかね？」

「「は？」」

「コイツ、今さら何を言ってんの？」

『割と本気で正気を疑うぞ』

な、なぜにこんな反応が返ってくるんだ？　おかしくない？

あたふたとしている僕の肩に、レオナさんが手を置く。

「ウサト、私達には君の助けが必要だ。治癒魔法はもちろんのこと、君という存在はこちら側の一つの支柱といってもいい」

「そうだぞ。お前がいてくれるから、俺達は安心して戦えるんだ。あまり自分のことを軽く見ると俺も怒るぞ」

「わ、分かった。……ありがとう」

責任が重すぎるけど、それ以上にやらなくちゃって気持ちになってきた。

すると、僕の隣を歩く先輩がうんうんと頷《うなず》きながら、逆の肩に手を置いてくる。

「レオナさんとカズキ君の言う通りだ。ウサト君が死んだら私も後を追うから」

「どういう思考回路してるんすか、貴女は」

冗談ですよね？　目がマジなんですけど。

「だけど、今ここで魔王を倒せば平和になるのか……？」

ふと、空の魔王を見上げていたカズキがそんなことを呟《つぶや》いた。

普通のファンタジーとかなら、魔王さえ倒せれば終わりなんだろうけれど、さっきまで魔族と戦争をしていたんだ。

魔王を倒したからといって魔族が侵略を諦めてくれるとは限らないんだから、カズキの言葉に安易に頷くことはできない。

「それは僕にも分からない。でも、少なくともそれで救われる人は出てくるはずだ」

「ウサト君の言う通り、今魔王を倒すことができれば、この戦いを終結にもっていくことができる。それに、相手から出てきてくれたんだ。ここで決着をつけよう」

僕と先輩の言葉に、目を一度閉じたカズキは強く頷いた。

「そっか。なら、やろう。そのためにこの世界でずっと戦ってきたわけだしな」

気付けば、大分魔王に近い位置にまで歩いてきた。

最早、見上げるような高さではなく、地上から十メートルほどの高さにまで降りてきた魔王は、ここでようやく僕達へとその鋭い目を向けてくる。

「貴様達がこの時代の勇者か」

それだけで、言葉にできない威圧感が僕達へと襲いかかってくる。

それに耐えながら睨《にら》み返すと、魔王はやや感心したように呼吸を零《こぼ》す。

「ほう、良い面構《つらがま》えだ」

魔王の姿は、僕達がこれまで会ってきた魔族とは少しばかり違っていた。

力の強さを表すような大きな体格と真っ白な長髪、そして作られたような異様に整った顔立ち。

その姿に息を呑《の》んでいると、それに構わず先輩が一歩前に踏み出し、鞘《さや》に納められた刀の切っ先を魔王へと向けた。

「やいやい魔王！　この私達が来たからには、もう好き勝手はむごご!?」

「こういうときくらい、いつものノリは抑えてくださいって……！」

威勢のいい啖呵《たんか》を切ろうとした先輩を、後ろから羽交い締めにして下がらせる。

話し合いで解決できる余地があるとは思えないけど、いきなり挑発するのがまずいことは僕にも分かる。

というより、なんで江戸っ子風だったの？

完全に悶っ引きのノリだったよね？

「……そいつがお前達の頭目《とうもく》か？」

「いえ、違います！　レオナさん、お願いします！」

「……あ、ああ、分かった」

先輩の代わりに前に歩み出たレオナさんが、手に持った槍《やり》に力を込めたまま魔王と相対する。

「ほう、ファルガの杖《つえ》か。だとすると、貴様はミアラークの勇者か」

「魔王よ。この場に現れたからには、我々と矛を交える覚悟があると認識してもいいのだな？」

レオナさんがそう問いかけると、魔王の表情が呆気《あっけ》にとられたものへと変わるが、それも束《つか》の間《ま》、その表情はすぐに笑みへと変わる。

「――ク、クハハハ！」

口元を歪《ゆが》め、高笑いをする魔王。

声量こそ小さいが、その声はこの戦場の端から端まで響いたのではと錯覚してしまうほどの力が込められていた。

突然笑い出した魔王に、レオナさんも顔を顰《しか》める。

「……何がおかしい」

「この世界の人間は、度し難いほどに甘くなった。かつての人間共は、私を倒すためならばあらゆる悪辣《あくらつ》な所業すら行ってきたというのにな」

「……！」

「だが、それも貴様らが辿《たど》ってきた歴史による変化というものだろう。平和を享受し、それにより弱くなる。なるほどな……人の心を変えるのは、常に悲劇の起こる戦場の中ということか」

そう言葉にすると、魔王は再び高く浮き上がる。

咄嗟《とっさ》に構える僕達に、魔王はうっすらと笑みを浮かべる。

「よい、よい。馬鹿正直にそのような問いを投げかけてくる貴様らに、私が丁寧に分かりやすく教えてやろう。この私がここにいる意味を」

そのまま地上から三〇メートルほどの高さにまで浮き上がった魔王は、焼け焦げた戦場をゆっくりと見回した。

何をするつもりだと恐々としていると、魔王は自身の左手を首元に当てながら声を発した。

「我は魔王！　魔族の王にして、魔を統《す》べる者である！」

その魔王の声はまるで拡声器を通したかのように増幅され、この戦場にいる全ての人々に届いた。

その声に怯《おび》える人々、怒りや憎悪を向ける人々に対して、不敵な笑みを浮かべた魔王は言葉を続けた。

「哀れなる人間共よ！　平和を享受し、安寧を求める弱者達よ！　今日この日、この場に降り立った私は、貴様ら人間共を――」

そこで一旦《いったん》言葉を区切った魔王は、静かで、それでいて恐ろしいほどに冷たい声でその言葉を口にした。

「――抹殺することをここに宣言しよう」

決定的な宣戦布告であった。

それを認識すると同時に、全員が臨戦態勢に移る。

レオナさんが槍を構え、先輩が雷を纏《まと》い、カズキは剣を引き抜きながら籠手を輝かせる。

僕自身も三人を全力でサポートすべく、いつでも治癒魔法を発動できるように備える。

「これで魔王を野放しにしてはおけなくなった！　腹括《くく》れよ、ネア、フェルム！」

「そんなもの最初から括ってるわよ！」

『もう迷いなんてない！』

再び空から降りてくる魔王の視線は、僕達へと向けられている。

そのまま魔王は、まるで僕達を歓迎するかのようにその両腕を大きく広げる。

「さあ、戦いの火ぶたは切ってやったぞ」

魔王の周囲に、いくつもの魔法陣が現れる。

それらを手足のように操った彼は、一瞬だけ僕に視線を向け、はっきりと言い放った。

「勇者共、私を殺しにくるがいい。この私が、貴様達に絶望を与えてやろう」

これが、僕達の最後の戦い。

何もかもが未知数で恐ろしい相手だけど、絶対に勝たなくちゃならない。

この世界の人々のため、なにより、今を戦う先輩達のために僕も全力を尽くす。

最初に動いたのはカズキであった。

「行け！」

カズキの勇者の武具である左腕の籠手から、光線が放たれる。

あらゆるものを貫く光魔法を前に魔王は余裕を崩さず、自身と光魔法の間に割り込ませるように魔術の文様を移動させる。

「鏡魔の呪術」

一瞬、輝きを増した文様に光線が直撃するが、弾《はじ》かれるように光が分散されてしまう。

勇者の武具により強化されたはずのカズキの魔法が通用しない。

「魔法を無効化した!?」

「これが今代の光魔法か。威力はあるが、奴には到底及ばぬな」

魔王がそう呟くが、次の瞬間に彼の足元からとてつもない冷気を放つレオナさんの氷魔法が発生し、その自由を奪う。

「レオナさん！　そのまま拘束しておいてくれ！」

「任せろ！」

魔王が氷で下半身の動きを封じられた隙《すき》に、雷を纏った先輩が一瞬にして魔王の目前へと移動し、その首元へと刀を振るう。

速い！

先輩の勇者の武具が刀だってことしか分からなかったけれど、あれには先輩の動きを補助するような能力があるのだろうか。

「面白い。が、まだまだ甘い」

「うぐっ!?」

そのまま魔王の首目がけて斬りつけようとした先輩の体が、突然吹き飛ばされる。

すぐさま動いた僕は、彼女が地面に叩《たた》きつけられる前にその体を受け止める。

僕と先輩に掌《てのひら》を向けた魔王は、予備動作もなく強烈な火炎を放ってきた。

「まずは、小手調べだ。避《よ》けてみせろ」

「っ!?　フェルム！　ネア！」

『盾だな！』

「耐性をつけるわ！」

眼前の全てを覆いつくす業火を前にした僕は、先輩を受け止めた状態のまま闇魔法の盾と炎への耐性で身を守る。

「む？」

全力で守りに入った僕が炎から先輩を庇《かば》おうとしたそのとき、カズキとレオナさんが僕達の前に飛び出し、光と氷の魔法で火炎を一瞬にしてかき消した。

「二人はやらせない！」

「魔王、ここで討つ！」

二人が魔王へと攻撃を仕掛けている間に、さっき吹き飛ばされた先輩の様子を確認する。

「先輩、大丈夫ですか？」

「うん、大丈夫だ。どうやら、奴は見えない鎧のようなものを纏っているようだ」

「見えない鎧……？」

「厄介なことに、近づいた者を吹き飛ばす効果までついているらしい。どんな絡繰《からく》りか見当はつかないけど、まともな方法でダメージを与えることは難しいかもしれないね」

先輩を立たせながら、余裕の表情を崩さない魔王を注視すると、確かに奴の体の周りの空気が歪んでいるように見える。

もしかして、ネロ・アージェンスと同じような風の魔法を纏っているのか？

いや、さっき魔王は掌から炎を放ってきたはずだ。

風の魔法とは別の方法で風を纏っているということなのか？

観察すればするほど思考がドツボに嵌まっていく感覚に陥りながら必死に考えを巡らせていると、僕の肩にいるネアが声を震わせながら翼で魔王を指し示した。

「……多分、あれは魔術よ」

「ネア、分かるのか？」

「分かるってもんじゃないわ……。何よ、あれ……！」

ネアは魔王を見てではなく、彼の周囲を取り囲むように展開されている魔術の文様を見て驚愕《きょうがく》しているように見えた。

「あれ、全部違う魔術なのよ……！」

「……なんだって？」

魔術は一つ覚えるのに五〇年も時間をかけるほど難解なものだとネアから聞いていたが、少なくとも魔王が展開している魔術の文様は四〇以上もある。

明らかに異常な数だ。

「信じられないかもしれないけど、本当なのよ！　あいつは、あの文様と同じ数だけの魔術を扱えるの！　さっきカズキの魔法を無効化した魔術も、風を操る魔術も、火を操る魔術も、奴が持っている魔術の一端でしかないわ！」

「……っ！」

魔を統べる王ってのは、本当に偽りなしの言葉だったってわけか。

魔王はカズキの攻撃を無効化し、レオナさんの繰り出す氷の魔法を炎で相殺している。

あの二人を相手にしてもなお、魔王はその場から一歩も動いておらず、明らかに僕達を相手に遊んでいる。

「魔術が相手なら、君が頼りだ」

「あれに比べたら、私なんて役に立たないかもしれないわよ？」

「それでも君が必要だ」

「……あー、もう分かったわよ！　やってやるわよ！」

翼をばたばたと羽ばたかせ、いつもの調子に戻ったネア。

「先輩、僕達も加勢しましょう。行けますよね？」

「もちろんさ。この程度で心が折れる私じゃない」

先輩が鞘に納めた刀の柄《つか》に手をかけ、魔力を込める。

それに伴って鞘に電撃が帯電し、バチバチという弾ける音が聞こえてくる。

「こういうときに言うのもなんだけど、私と君がこうやって共闘するのって初めてだよね」

「そういえば、そうですね」

感覚的には、もう何度も一緒に戦ってきたつもりだった。

いや、正確に言うなら同じ戦場で戦ったりはしていたけど、そのときはフェルム……黒騎士に瀕《ひん》死《し》の重傷を負わされた先輩とカズキを庇って戦った。

だから実際は、今初めて先輩と肩を並べて共闘することになる。

「ウサト君なら、私の動きについてこれらるよね？」

「無茶言わないでください……と言いたいところですが、やるしかないでしょう」

「フッ、それでこそウサト君だ」

カチッと鞘から鍔《つば》を押し出し、抜刀の体勢に移る先輩。

それに伴い、彼女の体に電撃が流れ込んでいく。

僕もフェルムと同化して操れるようになった闇魔法の魔力を確認しながら、いつでも飛び出せるようにする。

「行くよ！」

「はい！」

先輩の体を金色のオーラが包み込むと同時に、僕も魔力の暴発を用いて全力で前へと飛び出す。

直進での速さなら、雷獣モードの先輩とほぼ同じ。

そのまま、レオナさんとカズキの攻撃を防いでいる魔王へと攻撃を仕掛けていく。

「「はぁぁ！」」

「む……」

先輩の振るった刀と僕の繰り出した右拳が、魔王のかざした魔術と激突する。

ギャリギャリと鉄と鉄が擦《こす》れ合うような音。

徐々に亀裂の入っていく魔術の文様を見た魔王は、ここで表情を変える。

「なるほど。ただの人間ではないと思っていたが、貴様がそうだったのか」

「よそ見をするなぁぁ！」

「凍《い》てつかせろ！」

カズキの光魔法とレオナさんの投擲《とうてき》した槍を、腕を振るだけで弾き返した魔王は、そのまま二つの魔術を発動させ、火炎と風を巻き起こす。

それらは、灼熱色の竜巻となってカズキとレオナさんを呑み込んでしまう。

「交代だ。次はこの二人の相手をしてやろう」

「カズキ！　レオナさん！」

「ウサト君、二人なら大丈夫だ！」

『今は目の前の戦いに集中しろ！』

「くっ……！」

あの二人がこうも簡単にあしらわれるなんて……！

「ネア！」

「ええ！　解放の呪術！」

対象の魔術を解除する魔術。

それを扱えるネアならば、魔王の魔術を解除することができるはずだ。

ガラスが砕け散るような音と共に、魔王の展開する魔術が弾け飛ぶ。

「先輩！　今です！」

「雷獣モード２！」

さらに大きな電撃を纏った先輩が、先ほど以上の速さで魔王へと攻撃を繰り出す。

僕も彼女に合わせて、掌から闇魔法の帯を放ち魔王の動きを封じることを試みる。

「風盾《ふうしゅん》の呪術」

「ッ、さっきの風の鎧か！」

先輩の刀を風の魔術が防ぐ。

だが、その魔術もネアに解除させてしまえばいい！

「ネア！」

「今、魔術を読み取るから待ちなさい！」

「ほう、吸血鬼か。解放の呪術を覚えているとは、随分と基本に忠実なのだな」

「ヒッ、目をつけられた!?　ウサト、私を守りなさい！」

「言われなくても守るよ！」

ネアが風の魔術を解析している間、僕と先輩は絶え間なく魔王へと攻撃を叩きつける。

その攻撃はことごとく防がれてしまうが、拳から返ってくる感覚からして、この風の鎧はネロのものほど堅牢《けんろう》ではない。

「ならば！　先輩、そのまま攻撃を続けてください！」

右腕の籠手に魔力を込める。

ここで、対コーガ用に作り出した防御崩しの治癒パンチだ。

「治癒連撃拳！」

「ッ、なに？」

僕達を寄せつけることを許さない風の鎧に僕の拳が叩きつけられると同時に、魔力の暴発を利用した治癒連撃拳を連続で叩き込む。

足の裏から地面に黒い魔力で作ったアンカーを打ち込み、その場から吹き飛ばされないように踏ん張りながら拳を前に押し込み続ける。

「オラァァァ！」

力の限りに放った治癒連撃拳は、三度目の衝撃で風の鎧を突破する。

その瞬間を狙い、先輩が最大の電撃を刀へと纏わせて魔王へ振り下ろす。

「くらえっ！」

「ちょ、先輩!?　まだ僕がいるんですけど——」

「ホ、ホワァ!?」

僕とネアの眼前を、雷が覆いつくす。

地面を焼き焦がし、僕までも巻き込みかねない一撃に頬《ほお》を引き攣《つ》らせる。

いや、先輩のことだからちゃんと攻撃範囲も考えているはずだけど、普通に心臓に悪い。

「魔力を意図的に暴発させて、衝撃波を発生させたか。理《り》には適《かな》っているが、それを実行に移すとはな」

「「!?」」

「勇者ではない人間がいるとは思ったが、なるほど……」

魔王の掌からは黒い煙があがっているが、ほぼ無傷のようだ。

その視線は真っすぐ僕へと向けられている。

深く澄んだ瞳に吸い込まれそうな感覚に陥りながら、気をしっかりと保ち拳を構える。

「ウサト君、もう一度だ！」

「分かりました！」

先輩の声に合わせ、もう一度魔王への攻撃を試みる。

「少し、お前に興味が湧いてきた」

しかし魔王は先輩に目もくれずに、僕へと掌を向けるとなんらかの魔術を発動させる。

「重力《じゅうりき》の呪術」

瞬間、僕の体にとてつもない重圧が降りかかる。

そのあまりの重さに、僕は思わず膝をついてしまう。

「ぐぁ……!?」

『な、重ッ、体が動かない……！』

「ウサト、フェルム、どうしたのよ!?」

重力を操る魔術か!?

肩にいるネアには効果がないところを見ると、僕一人にのみ効果を発揮するものか。

「ウサト！　待って、今解呪するから――」

「いや、待てない！　このまま先輩の援護をする！　フェルム!!」

『ぐ、うぅ……！』

無理やり立ち上がり、闇魔法の魔力を支えにしながら魔王へと拳を振り上げる。

「ほう、動くか」

そんな僕の姿を見た魔王は驚きに目を丸くさせながら、先輩の攻撃を魔術で受け止めそのまま先輩ごと吹き飛ばした。

「くあっ！」

「先輩！」

地面に叩きつけられた先輩の方へ咄嗟に向かおうとするが、僕の前に魔王が立ち塞《ふさ》がる。

先輩、カズキ、レオナさんでさえも魔王には歯が立たない。

その事実に心が折れそうになるが、それでも気丈に心を保ち、魔王を睨みつける。

「常人では指先一つ動かすことすらできないほどの重力を受けたにもかかわらず、私に攻撃を仕掛けようとするとはな。貴様は本当に人間なのか？」

「僕は、なんと言われようとも、人間です……！」

「ん？　その籠手は奴の刀か？　随分と様変わりしているが、懐かしいオーラを感じる」

僕の視線に構わず、魔王は無警戒で僕の前にまで近づいてくる。

彼は重力により動きが鈍くなっている僕を見下ろすと、興味深げに顎《あご》に手を当てる。

「ふむ」

「っ!?」

動けない僕の右腕を掴《つか》み、それをまじまじと見る魔王。

少しでも動けば命はないいって感じがビンビンする。

頭の中で警鐘が鳴り響き、汗が止まらない。

「貴様が邪竜に引導を渡し、サマリアールの呪いを解き、ミアラークの竜人を止めた治癒魔法使いだな」

「なんで、僕のことを……」

「前々から注目していたのだ。目についたのは、そこの吸血鬼が邪竜の封印を解いたときだがな」

「ホワァ!?」

あのときから既に魔王に目をつけられてたのか……？

思いもしない時期から注目されてて、全く笑えない。

つまり、この人には僕の行動が筒抜けだったたってことなのか？

「そのときは、獣人と魔物を連れていたな？　まったく、勇者達の中に一人だけ混ざる貴様だけが依然としてよく分からない存在だ」

アマコとブルリンが一緒にいたことまで分かるのか……！

改めて魔王がどれほど滅茶苦茶な存在かを理解させられてしまう。

「貴様、名はなんという？」

「……え、いや、呪われそうだから名乗りたくないです」

「呪わん。言え、無理やり口を割らせてもいいのだぞ」

物も言わせぬ威圧感。

その姿にどことなくローズを連想しながら、大人しく名前を名乗る。

「……ウサトです」

「ふむ、ウサトか。では、貴様の中にいる者は何者だ？　魔族のようだが」

『ヒッ!?』

僕の内にいるフェルムが怯えた声を上げる。

相手は自分達の種族の頂点に立つ存在だ。彼女が怯えるのも無理はない。

まともに声を出せない彼女の代わりに、魔王へと視線を合わせてはっきりと答える。

「僕の、仲間で……友達です！」

「ほう。闇魔法使いの魔族を友と呼ぶか。我々魔族は貴様らを侵略しているのだぞ？　それなのに、仲間として扱うのか？」

「そんなこと、関係ありません！」

僕は、魔王の言葉をはっきりと否定する。

確かにフェルムとは敵同士だったが、今は同じ救命団の仲間となり、彼女自身の選択の末にこの場にいる。

いくら魔族の親玉とはいえ、何も知らない人にどうこう言われたくはない。

「……ク、クク」

「何がおかしい！」

口元を歪める魔王に、感情が昂《たかぶ》る。

僕の怒りを無視してひとしきり笑った魔王は、こちらを見下ろしたまま額に手を当てた。

「そうか、そうか。貴様のような人間もいるのだな。奴と似ているとは思ってはいたが、どうやら違っていたようだ」

そう言った魔王は愉快そうに口元を歪め、僕を指さした。

「ウサトよ。貴様という人間は、私にとっても未知の塊だ」

なぜ魔王にまで、そんなことを言われなくちゃならないのか。

僕は敵の親玉にさえ変人扱いされるのか……。

こんな絶体絶命の状況にもかかわらず、すごく納得がいかない気分になっていると、魔王が突然自身の背後に魔術を出現させた。

その次の瞬間、煤《すす》だらけの先輩が魔王の背後から刀を叩きつけていた。

魔術により作られた障壁と先輩の刀がぶつかり、障壁が粉々に砕け散る。

「！　ほう、先ほどよりも速くなったな」

「さっきはよくもやってくれたね！」

僕から離れるように後ろへ下がる魔王に、追撃を加えようとする先輩。

それと時を同じくして、カズキとレオナさんを呑み込んでいた炎の竜巻が吹き飛ばされ、二人が飛び出てくる。

「ウサト、貴方《あなた》にかけられた魔術を解呪したわ！」

「ありがとう、ネア！」

軽くなった体を動かし、二人の元へ移動しすぐさま治癒魔法をかける。

「カズキ、レオナさん、大丈夫ですか！」

「な、なんとかな……」

「まさか、魔術を重ねがけした結界の中に閉じ込められるとは……。あと少し中にいたら死んでいたぞ」

魔王の魔術は驚異的だ。

ネアの解放の呪術でさえも対処できないほどに多種多様なそれは、僕達の数の利を容易《たやす》く覆してしまう。

「あれくらいの魔術は突破してみせるか。さすがは勇者といったところだな」

治癒魔法で癒やされている二人を見て、魔王は感心するような声を漏らす。

「よそ見をするとは余裕だね！」

そんな彼に先輩は威勢よく攻撃を仕掛けていくが、それらは魔王の周囲に浮かぶ魔術によって防がれていく。

だが先輩もそれが分かっているのか、刀に常時高密度の魔力を纏わせて、防御に使われる魔術を破壊している。

「貴様ほどの雷の使い手は、奴のいた時代にも現れなかったな」

「そりゃどうも！」

魔王が掌から放った業火を、先輩は刀の一振りで真っ二つに割き後ろへと流す。

しかし、火炎を切り開いたその先には先輩へと掌をかざす魔王の姿。

「重力の――」

「それは一度見た！」

魔王が魔術を放つ前に強く前に踏み出した先輩の刺突により、魔法陣が掻《か》き消える。

掌の魔術を消し去られた魔王は、なおも果敢に攻撃を繰り出していく先輩に笑みを浮かべる。

「なるほど、貴様の戦闘における才覚は抜きんでているな。戦いの天才とは、貴様のような者を指すのだろうな」

「ッ！　なら、一撃くらい食らってくれないかな！」

ガキィン、と魔王が操る障壁と先輩の刀がぶつかる。

高速化している先輩の動きに、魔王は完全に対応している……！

「そちらの光魔法使いも、奴ほどの苛烈さはなけれども、消滅の一点に絞った攻撃はこの私ですら殺傷しうる力がある。まさしく貴様らは勇者になるべくしてなったようだ」

よし、二人の治療が終わった！

先ほどの戦いの分までの疲労と怪我を、全て治癒魔法で癒やし終える。

「もう大丈夫です！」

「よし、先輩の加勢に行こう！」

「いや、待て。カズキ」

背中の剣を引き抜こうとしたカズキをレオナさんが止める。

彼女の声にカズキが振り向こうとすると、魔王と戦っていた先輩が僕達のそばに降り立ってくる。

「くっ、無理やり吹っ飛ばされちゃったなぁ」

頬を拭《ぬぐ》いながら刀を鞘に戻した先輩は、悔しそうな笑みを見せる。

「きっついなぁ……！　彼、まだ全然底を見せてないよ！」

「想像以上の強さですね。俺の光魔法もほとんど対策されてしまっています」

そもそも扱える魔術が多すぎる。

まだまだ出していない魔術だってあるだろうし、反則的すぎるだろ。

「でも、ここで諦めるわけにはいきません」

「その通りだ。このまま魔王を野放しにすれば、多くの人々の命が危険に晒《さら》される」

レオナさんの言葉に、僕達はこちらを無言で窺《うかが》っている魔王を見る。

多種多様の魔術を操る規格外の魔族。

彼が扱う魔術のどれもが強力で、どれか一つでも食らってしまえば致命的だ。

「先代勇者は、あんな怪物をどうやって封印したんだ……？」

思わずそう呟いてしまうと、それが聞こえていたのか魔王がこちらへ視線を向ける。

「先代……？　そうか、貴様達は奴のことを知らずにここまで来てしまったのか。……ふむ」

顎に手を当てて何かを考えだす魔王。

僕達をどう始末するか考えているのか？

「少しいい余興を思いついた」

「何をするつもりだ！」

「こうするのだ」

魔王が魔術で白い渦のようなものを二つ作り出し、そこに両腕を入れる。

それと同時にとてつもない悪寒を感じ取った僕は、咄嗟に一番近くにいた先輩を突き飛ばしながら、その場を転がるように移動する。

「う、ウサト君、いきなり何を……!?」

先輩が僕に声を上げようとするが、近くでどさりと人が倒れる音が聞こえる。

すぐに振り返ると、まるで信じられないものを見たような表情をしたレオナさんと、地面に倒れ伏したカズキの姿が飛び込んできた。

「カズ……キ？」

「ふむ、恐ろしいほどに勘が鋭いな。初見で躱《かわ》されたのはこれが初めてだぞ」

倒れたカズキの頭上と先ほどまで先輩がいた場所には、白い渦から突き出された褐色の腕が飛び出していた。

いや、今はそんなことどうでもいい！

カズキの安否を確認しなくては！

「カズキ、カズキ！　返事をしてくれ!!」

「……」

「ネア、見てくれ！」

「ええ！」

呼吸はしているが、意識が戻らない。

目は何も映さず虚《うつ》ろで、僕が声をかけても反応を示さない。

「レオナさん、何があったか分かりますか!?」

「突然カズキの頭上に白い渦が現れ、そこから伸ばされた手が彼の頭を掴み、なんらかの魔術を行使したんだ。すまない、守れなかった……！」

「……レオナさんは、先輩と一緒に魔王の動きを警戒していてください」

レオナさんは悪くない。

それに、カズキはまだ死んでいない。

「ウサト、カズキは幻を見せられているわ」

「幻……？」

「それも強力なものよ。一瞬で、意識を飛ばされたようね……」

魔王はなんのために幻なんかを？

魔王の意図が分からない。

半ば混乱しながら魔王の方へと意識を戻すと、先ほどまでそこにいたはずの魔王の姿が忽然《こつぜん》と消えていた。

それに合わせて、異変を察知したレオナさんが僕達へと警告を――、

「ウサト、スズネ！　魔王が消え――」

「貴様らも同じ幻へと送ってやろう」

「「っ!?」」

姿を消していた魔王が、いつの間にか僕達の目の前に現れる。

僕達が動くその前に、彼は魔術を纏わせた両手で僕と先輩の頭を掴み取る。

「夢幻《むげん》の呪術」

瞬間、頭に何かが入り込んでくる感覚に苛《さいな》まれる。

ハンナの幻影魔法とは比べものにならないような精神汚染に意識を持っていかれながらも、歯を食いしばりなんとか耐える。

しかし、僕の隣にいる先輩が脱力し地面へと倒れる。

その光景を見た瞬間、どうしようもない怒りが自身の内から湧き出すのを感じる。

その怒りに任せて、僕の頭を掴んでいる魔王の手を逆に掴み取る。

「ぬぅ……！」

「……これほど奇天烈《きてれつ》な人間はそうはいないな、ウサトよ。いったい、どのような精神力をしているのだ？　貴様が人間かどうかすら疑わしいぞ」

お前の方が化け物だよォ！

頭の痛みでそんなこと言う余裕はないが、すぐにレオナさんへと視線を合わせる。

「レオナさん！」

「ああ！」

僕が魔王の腕を掴んでいる隙に、槍を持ったレオナさんが冷気を纏いながら強烈な突きを繰り出す。

その場から逃げることもできず、回避もできない魔王は、先輩の頭を掴んでいた掌を槍の切っ先へと向け——そのまま、自身の掌ごと貫かせた。

「なっ⁉」

「やはりファルガの武具は厄介極まりないな。こうも容易くこの私に傷を与えてくれる」

「ッ！　系統強——」

「貴様は厄介だ。拘束の呪術」

その魔術まで扱えるのかよ……！

魔王の血で濡《ぬ》れる槍から魔術の文様が流れ込み、レオナさんの動きを拘束する。

槍を突き出したまま動けないレオナさんを一瞥《いちべつ》もせずに、魔王は僕の頭ごとその手を持ち上げる。

「少しばかり予想とは違っていたが、貴様で最後だ」

「何を、するつもりだ……！」

「見せるのさ。〝真実〟を」

真実？　なんのことだ？

そうしているうちに、魔王の手の中に先ほどとは比較にならないほどの魔力が集められていることに気付く。

アイアンクローなら食らい慣れているけど、ローズとこの人じゃ、これからすることは違う。
ッ、このまま大人しくやられてたまるか！
せめて希望は残す！

「フェルム！　ネアと一緒に僕から離れろ！」

「ちょ、ちょっと何言ってんのよ!?」

『で、でも……ウサトッ！』

「早くしろ！」

『……くそッ！』

僕との同化を解いたフェルムが、スライム状のままネアを連れて僕から離れていく。

それと同時に、僕の頭に魔術が流し込まれる。

「人間は愚かだ。そこの二人と同じ景色を見せてやろう」

「ぐ、あああああ！」

「見届けてみるがいい。奴が辿った道筋を、無知な人間共の業を」

サマリアールのときに受けた精神攻撃とは比べ物にならないほどの頭の痛み。

頭の中をぐるぐるにかき混ぜられるような錯覚と吐き気に襲われながら、僕はそのまま意識を失った。

第七話　知られざる過去！　すべての始まり!!　の巻

「……サトッ！　ウサト!!」

僕を呼ぶ声が聞こえる。

その声に合わせて、身体の感覚が元に戻っていく。

「……カ、カズキ？」

「よ、よかった！　目が覚めたんだな！」

目を開けると、カズキの姿が映り込む。

床が冷たい……地面じゃない？

頭を押さえながら起き上がり周りを見ると、僕は見知らぬ広間の中にいた。

「ここは……？」

「分からない。俺にも覚えのない場所だ。ウサトも魔王に頭を掴《つか》まれてここに？」

「うん。……先輩は？」

「ここにいるよ」

その声に振り向けば、すぐ近くで周囲を窺《うかが》っている先輩の姿があった。

「どうやら、私達は魔王の作り出した幻の中に囚《とら》われてしまったようだ。装備はそのままだが、武器はなくなっているね」

「……」

「ん？　ウサト君？」

無言の僕に先輩が首を傾《かし》げる。

ここが本当に幻の中の世界なら、今目の前にいる先輩とカズキは幻により作り出された偽物という可能性もある。

でも先輩は……。

カズキの行動に何もおかしいところはなかった。

「まともなことを言っている。貴女《あなた》、偽物ですね？」

「色々言いたいことがあるけど、とりあえず泣いていいかな？」

「あ、本物ですね。すみません」

「今の反応のどこで本物だと判断したのかな……」

この残念さは偽物にはできないな。

先輩に謝りつつ、僕も周囲の景色を見る。

どこともしれない大広間だが、よくよく見れば人もいる。

「……あれ？　あの人達、止まってる」

「うん。さっきから時間が止められているかのように動かないんだ」

動画でいう一時停止みたいな状態なのかな？

玉座らしき場所に座っている王様のような男性と、彼のそばに控える老人達。

それと、壁際で武器を持っている見覚えのない鎧を纏《まと》った騎士達。

そして彼らの視線の先には、土で汚れた服を着ている男の姿があった。

しかし、その男だけ大河ドラマとかで見る落ち武者みたいな姿をしているので、世界観に合っていないように思えた。

「似ているな」

「え？」

「俺達がこの世界に召喚されたときと」

カズキの言葉にハッとする。

確かに、僕達のときとそっくりな状況だ。

「まさか、これは先代勇者がこの世界に召喚されたときの場面……？」

「そうかもしれない。あの魔王がわざわざそれを見せる理由は分からないけど……。あ、止まっていた人達が動き出したよ」

先輩の声に、先代勇者らしき彼の方を見る。

人々の視線に晒《さら》された彼は、困惑した様子で周囲を見回している。

そんな彼に、笑みを向けた王様は両手を大きく広げ、語りかけた。

『おめでとう、勇者よ。おぬしは我がヘイガル王国の救世主として選ばれたのだ』

「ヘイガル王国……？」

「聞いたことのない国だね……」

僕の呟《つぶや》きに、先輩がそう返してくる。

『きゅう、せいしゅ？』

救世主という言葉自体が分からないのか、さらに混乱した様子を見せる男。

そんな彼に構わず、王様はさらに言葉を重ねる。

『魔王が、そして汚らわしき亜人共が我が王国を滅ぼさんとしてくる。おぬしには奴らと戦うという、誉れある使命を担ってもらうことになる』

……さすがに、横暴すぎじゃないか？

まるでそうすることが既に決まっているような言い方だ。

僕達が召喚されたときも同じような状況ではあったけれど、あのときのロイド様は魔王軍に侵略されて切羽詰まった状況に陥っていたのに、こちらの王様には余裕のようなものが感じられた。

当然、そんなことをいきなり言われても男は状況を把握できないようだった。

『あんた、いったい何を？　俺は、囲まれて殺されるところだったはず……。ここはどこだ？』

『ふむ、戸惑うのも無理はないか。お前達、連れていけ』

『『ハッ』』

配下の騎士が両側から男の腕を取り、引きずるようにして広間から連れ出していく。

男は何かを叫びながら後ろを振り向くが、王様とその周囲の人達は顔に笑みを張りつけたままだった。

『これで王国は安泰ですな。陛下』

『ああ、少しばかり小汚くはあるが、備わっている素養は十分以上だろう。なにより頭が悪そうだし、我々にとっても御しやすいだろうな。これで、我が国から貴重な戦力が失われることは避けられるはずだ』

彼が連れていかれたあとに、そんな会話が王様と臣下の間で交わされる。

あまりにも自分勝手な言葉に、凄《すさ》まじい嫌悪感を抱く。

先輩も僕と同じなのか、露骨に顔を顰《しか》めた。

「酷《ひど》い……」

「俺達のときとは大分違いますね」

「表面上は友好的だったけれど、いきなり連れてこられた彼になんの説明もないまま、役目だけを押しつけたって感じだね」

この人達は、リングル王国の人々とは違う。

先代勇者を〝人〟としてではなく、人間の敵を倒す〝手駒〟としてしか見ていない。

「名前すらも、聞こうともしなかったなんて……」

そんなこと、ありえるのだろうか。

彼の人となりも分からないうちに勝手に話を進めるとか、彼を道具としか見ていないのか？

僕が知る先代勇者は、ずっと悲劇に見舞われていた人だ。

そんな彼にとっての始まりともいえる『勇者召喚』でさえこんなんじゃ、あまりにも報われなさすぎる。

　すると、目の前の景色が徐々に歪《ゆが》んでくる。

「どうやら、これで終わりではなさそうだね」

「と、いうと？」

「魔王は、先代勇者についての記録を私達に見せようとしているみたいだね。今は、次の場面に映る最中みたいな感じかな？」

　先代勇者の記録。

　正直、彼のことを二人より知っている身としては、あまり見たくはない。

　だけど、目を背けることはできないんだろうな。

「魔王がどうしてこれを俺達に見せたいのか分からないけど、とりあえずこの幻から脱出する方法を考えなきゃ」

「……ああ、こうしている間も外がどうなっているか分からないからね。そのためにも、まずはここでできることを探していこう」

　魔王の行動の意図は分からない。

　だけど、彼が僕に魔術を見せる際に口にしたあの言葉。

『見届けてみるがいい、奴が辿《たど》った道筋を、無知な人間共の業を』

　その言葉が妙に頭の中に残っている。

　魔王は、先代勇者をどのように思っているのか。

ただの敵同士ではなかったのか？

そんな疑問を抱いている間に、周囲の景色はさらに別のものへと変化していった。

＊＊＊

夢幻《むげん》の呪術。

それは、術に陥った者を夢の中に閉じ込める魔術。

見せる夢を操ることができるこの魔術は、対象の頭に触れなければならないという制約こそあれど、一度術中に嵌《は》めれば確実に意識を奪える強力なものだ。

「泡沫《ほうまつ》の呪術」

掌《てのひら》から発生させた透明な泡が地面に伏した三人の人間を包み込み、宙へと浮き上がる。

今、私の呪術の中に閉じ込められている者達は、魔術が見せる夢の中で先代勇者の記憶を追体験していることだろう。

「私も、随分と甘くなったな」

かつての私だったら、さぞかし愉快に笑うことだろうな。

「魔王ォォ！」

私の元へ殺到する氷の槍《やり》。

それらを魔術で破壊し、黒色のフクロウを肩に乗せたミアラークの勇者の姿を見る。

ウサトから離れたフクロウの姿をした吸血鬼は、ミアラークの勇者を捕らえた拘束の呪術を解いたのだろう。

自由になった彼女は、逃げるのではなく果敢に私へと挑んできた。

「三人を解放させてもらう！」

「レオナ、気をつけなさい！　どんな魔術を使ってくるか分からないわよ！」

あの吸血鬼の扱う魔術は恐らく、拘束、耐性、解放の三つか。

勇者の身体に付与された耐性の呪術を確認しつつ、こちらも魔術を発動させる。

「そうはさせぬよ。勇者」

空から叩《たた》きつけるように落下する氷塊を火炎の呪術で溶かしながら、改めてこの世界の人間は変わったのだと再認識させられる。

「別世界から来た、この世界とは関係のない人間のために命を捨てるか」

「彼らは私達のためにずっと戦ってくれている！　そんな彼らを放って逃げることなどできるわけがない!!」

そうはっきりと言葉にする勇者。

そこには嘘《うそ》偽りは感じられない。

「……勇者、か」

ふと、眠りについている二人の勇者と一人の人間を見る。

光魔法を操る勇者。

こいつは、先代の勇者とはかけ離れたお人よしなのだろう。

わざとなのか、無意識なのか、自身の危険極まりない魔法を制限したまま私と相対する愚行を冒していた。

同じ光魔法を持っていた奴ならば、問答無用で何もかも消滅させてまで私を殺しにかかろうとしてきたはずだ。

しかし、それを責めるべきではないのだろう。

消滅に特化させた光魔法に目覚めたその上で、その特性を極力抑えた戦い方を求めてきた。

それはひとえに、この時代にそれほどまでの攻撃力は必要なかったということだろう。

そう考えると、なかなかに惜しい人間ともいえる。

そして、電撃魔法を操る二人目の勇者。

正直、召喚された勇者が二人存在するという事実に私は驚いていた。

あくまで短い間ではあるが、それでも先代勇者を知っている身としては、奴と同じことを繰り返すのかと身構えてしまっていたが、その心配は杞憂《きゆう》に終わった。

電撃魔法を持つ勇者は、戦いにおいての才覚は群を抜いて高い。

それこそ、私が封印される以前の世界の戦士達以上の才能を有していた。

このまま戦闘経験を積み、修羅場をくぐれば、いずれはネロすらも上回る傑物になっていただろうな。

だが、二〇にも満たない歳と、実戦経験のなさが致命的な弱点だった。

誰よりも速く動ける術《すべ》はあれど、それを生かせるほどの戦術はない。

そして、三人目の勇者ではない人間、ウサト。

こいつは、私から見てもわけの分からない少年だったな。

もとより、我が軍にとって厄介極まりない治癒魔法使いの一人という認識でしかなかったが、彼が勇者の旅に同行したことで、否応《いやおう》なく興味を抱くことになった。

決定的だったのは、この現代において邪竜が復活した場所にこのウサトが居合わせたこと。

恐らく、彼は勇者召喚に巻き込まれた異物。

勇者ではない、ただの異世界人。

そのような人間が獣人と行動していたことに、私は奴の陰を見た。

「……だが、違っていた」

魔術の障壁を突き破り、私の心臓を貫かんばかりに放たれた槍を、転移の呪術で避《よ》ける。

間髪いれず火炎の呪術を放ちながら、先ほどの戦闘について思い出す。

実際に見たウサトという少年は、この私をもってしても〝何をしてくるか分からない〟という印象であった。

魔力を自ら暴発させる技。

生半可な精神攻撃を無効化する異常な精神力。

なにより魔族……それも闇魔法使いと心を通わせ共に戦うその在り方は、魔族すらも憎悪の対象として見ていた先代勇者とはあまりにもかけ離れていた。

闇魔法使いは、生まれながらにして咎《とが》を背負った者達だ。

目覚める力こそ強力だが、その精神は極めて不安定なことに加え、闇魔法の特性を恐れた周囲の者達により排斥され、まともな人生を歩むことができない。

恐らく、ウサトと同化していた者――二度目のリングル王国との戦争で捕虜となった黒騎士と呼ばれる魔族にも、そのような孤独な生い立ちがあったはずだ。

「それが、仲間とはな」

敵対しているはずの魔族を仲間と呼ぶ。

それは、私が知ろうとさえしなかった人間と魔族の未来の可能性であった。

「系統強化！」

「拘束の呪術もつけるわよ！」

我に返ると、眼前に光り輝く槍を投げつけようとしている勇者の姿が視界に映り込む。

それに対し冷静に魔術を行使しようとしたそのとき、覚えのある気配と共に、私の背後から勇者に向かって炎が放たれる。

「なんだと!?」

「ここにきて新手!?」

炎を避けた勇者と吸血鬼は驚愕《きょうがく》を露《あら》わにしながら、距離を取る。

私は呆れたため息をつきながら掌から魔術を消し、やってきた赤髪の女に話しかける。

「アーミラ。私は貴様らに退《ひ》けと言ったぞ？」

「お叱《しか》りならいくらでも受けます。お望みならば、自刃してこの命を捧《ささ》げます」

アーミラに続くように、彼女の配下の兵士達もやってくる。

彼らの誰もが傷を負っているが、依然としてその目から闘志は消えてはいなかった。

「俺は止めたんですけどね」

白髪の男、コーガがアーミラの隣に現れる。

その後ろからは、第三軍団長のハンナがやや挙動不審気味についてきた。

彼女は私の傍らに浮いている泡沫の呪術に囚われた三人を見ると、顔を青ざめさせた後に喜色の表情を浮かべる。

「ア、アハハッ、あの悪魔、捕まっているじゃないですか！　ざまぁーみさらせですよ！　……ヒッ、今動きました!?　動きましたよね!?」

「いや、動いてねーよ。お前、ウサトに何されたんだよ……」

「この悪魔に捕まったんですよ！　命からがら逃げ出しましたけど！」

……ずいぶんと騒がしくなったな。

私の命令さえも無視してこの場にやってくるとは、どうやら変わったのは人間だけではないようだ。

今まで感じたことのない不思議な感情を抱いていると、コーガが楽しそうな笑みを浮かべ、戦場の先を指さした。

「こっちが優勢になった、と言いたいところですが……あっちもまだまだやる気のようですね」

「そのようだ。まったく、とことんこの世界の人間共は甘い」

視線の先では、ボロボロの武器を手に持ちながらこちらへ迫る人間達の姿が見える。

私への恐怖で染まっていたはずの彼らからは、その感情が消えていた。

『勇者様を救うんだ！』

『今度は俺達がウサト殿を助けるぞ！』

『彼らが唯一の希望だ！』

『今こそニルヴァルナ戦士団の根性を見せるときだ！』

戦場の至るところから、人間達の雄叫《おたけ》びが上がる。

私が降らせた火球により大部分が動けなくなっているはずだが、それでもなお、勇者のため、そしてウサトのために人間達が立ち上がろうとしていた。

そして人間達の中から、異様な速さを持つ者が私達の前へやってくる。

そいつはミアラークの勇者の前に立ち止まり、私が捕らえている三人へと目を向ける。

「おうおう、随分と愉快なことになっているじゃねぇか。ウサト」

尋常ならざる速さと共に現れたのは、ウサトと同じ白い装いに身を包んだ女。

彼女は脇に抱えるように連れてきた魔族の少女に、その笑みを向ける。

「よく伝えてくれたな。フェルム」

「つ、つつ、連れてくるならもっと優しくしてくれ！」

一目で分かるその実力に目を細めると、魔族の少女を地面に落とした女は、オーガを思わせる凶悪な笑みをこの私へと向けてくる。

「よお、テメェが魔王か。私の弟子を返してもらうぞ」

一目見て理解する。

この女がただの人間ではないことを。

「弟子が弟子なら、師匠も同じだな。まさしく常識外れの存在だ」

腕を固定するように肩に巻かれた布を見る限り、相当な重傷を負っているように見えるが、女の表情は微塵《みじん》もそれを感じさせないほどの気迫を感じさせる。

なるほど、この女がネロに敗北を認めさせたのか。

「その傷で向かってくるか、人間」

「ハッ、それはお互い様じゃねぇのか？　見たところ、テメェも〝死にかけ〟じゃねぇか」

「……フッ」

まだまだ戦いの行く末は分からない。

勇者一人により左右されることのない戦い。

もとより未来なき戦いではあるが、心のどこかで彼らとの戦いを楽しんでいる自分がいることを自覚せずにはいられなかった。

第八話　先代勇者の悲劇!!　の巻

先代勇者の過去の記録。

それが再現される幻の中に飛ばされてしまった僕達は、幻から抜け出す術《すべ》さえ分からずに、そのまま先代勇者が歩んできた道のりを見ていることしかできなかった。

先代勇者がこの世界に召喚されてからの日々は、本当に酷《ひど》いものだった。

『その程度では、魔王どころかただの雑兵にすら勝つことはできんぞ！』

『立て！　役に立たん勇者など、この王国に置く価値すらない！』

棒で叩《たた》かれ、魔法で吹き飛ばされながらの訓練。

いや、訓練なんてものじゃない。

まるで拷問そのものだ。

散々痛めつけられてその場に置き去りにされた彼を、誰も気にかけようとはしない。

逆に、そんな彼を嘲笑《あざわら》う声すらも聞こえていた。

しかし、それでも彼は訓練することをやめなかった。

どれだけ笑われても。

どれだけ理不尽に虐げられても。

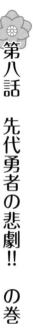

決して折れることなく、彼はただひたすら剣を振り続け、自身に目覚めた光系統の魔法を自分のものにしようと努力し続けた。

彼はなんのためにそこまでするのか。

彼にとっては、ヘイガル王国に義理立てする必要なんてないはずなのに……。

＊＊＊

場面が移り変わり、次に目の前に広がったのは人間と魔族との戦いだった。

『亜人を囮《おとり》にして魔族を引きつけろ！』

『俺達が逃げる時間を稼げ！　早く行け!!』

魔族側に押されているのか、人間側の兵士達は恐怖に駆られて逃げ出そうとしていた。

その際に、奴隷として連れてきたであろう獣人達を前に立たせて囮にしていた。

「うっ、酷いね……これは」

隣の先輩が口元を押さえる。

獣人の国ヒノモトで聞いてはいたけど、先代勇者がいた時代の獣人や亜人の扱いは本当に悲惨なものだったんだな……。

そんな中で戦っていた先代勇者は、敵前で逃げ出したヘイガル王国の騎士の言葉を無視し、魔族の軍勢へと単身で挑んだ。

『ぜぇぇい！』

彼は凄《すさ》まじい気迫で魔族達へと向かっていき、次から次へと敵を斬り捨てていく。

敵が退却するまで動き続けた彼の体は、自身か敵の血か分からないほどに赤く染まっていた。

それでもなお、血走った目で敵を探すため前に進み出そうとしたそのとき、一人の獣人が彼を止めるように縋《すが》りついた。

『もうやめて！』

『……っ!?』

首に鎖を繋《つな》がれた獣人の少女の顔を見て、僕は思わず声を零《こぼ》してしまう。

「アマコ……!?」

どこかアマコに似た面影を持つ少女の訴えに、男は脱力するようにその場に座り込んでしまった。

周囲には、囮にされかけた獣人達以外には誰もいなかった。

味方の兵士は既に彼を置いて、逃げ帰ってしまったようだ。

『お前さん、名前は？』

『なまえ？　な、ないです……』

その答えに、彼は少しだけ狼狽《うろた》えながら頭を捻《ひね》るように考え込む。

数十秒ほどゆっくりと悩んだ末に、彼は不安な面持ちの少女に小さく口を開いた。

『……カンナギ』

『え？』

『お前の名は、今日からカンナギだ』

『カンナギ……うん。私は、カンナギ……』

噛《か》みしめるように自身の名を口にする少女、カンナギ。

しかし、彼女は不思議そうな顔のまま彼へと顔を上げた。

『おじさんの、名前は？』

カンナギの問いに目を見開いた彼は、手に持った剣の鞘《さや》を強く握りしめながら自身の名を口にした。

『……ひさご、だ』

不器用にそう口にした彼の表情は、血に塗《まみ》れながらもどこか穏やかに見えた。

＊＊＊

そこからさらに、場面が移り変わる。

新しく現れた景色は、広間で膝を屈している勇者の前で、怯《おび》えの入り混じったような引き攣《つ》った表情を浮かべた国王が何かを言い放とうとしている光景だった。

『勇者よ！　今日から貴様は人類を脅かす魔王、そして魔族を滅し、人々を救う旅に出るのだ!!』

『御意』

『その使命が終わるその日まで、ヘイガル王国に帰還することは許さん!!』

国王とその周りの人々の目は、彼を……ヒサゴさんを恐れているようにも見えた。

耳を澄ませば、ヒサゴさんを見てひそひそと何かを囁《ささや》いている人もいる。

『化け物め』

『復讐《ふくしゅう》される前に、殺しておくべきだ』

『いっそ、魔族と共倒れになればいいものを……』

耳障りな声に、僕は思わず顔を顰《しか》めてしまう。

それが、国のために戦ってくれた人に対しての言葉なのだろうか。

あまりにも身勝手すぎるんじゃないか？

僕ですら怒りそうな状況の中でも、ヒサゴさんはジッと目を瞑《つむ》ったまま国王の言葉を静かに聞いているだけだ。

『では、往《ゆ》け。貴様の活躍を期待しているぞ』

『……お任せください』

そう最後に答えた彼は、広間を後にしていった。

『先の戦いで死んでいればよかったものを……！』

『しかし、よかったのですか？　あの戦果の褒美が、奴隷の獣人の子供一人で』

『たかが亜人一人で済むなら、それでよかろうよ。どちらにせよ、奴はもうこの王国に戻ることはない。我々とは関係のない存在なのだ』

彼が出ていった後は、安堵《あんど》するような声と彼を蔑《さげす》むような会話で溢《あふ》れた。

人の汚い部分をありありと見せつけられた僕は、思わず怒りの声を上げそうになる。

「ウサト君、とりあえずこいつらぶん殴ってもいいかな」

しかし、それよりも先に無表情でこちらを振り向いた先輩がそんなことを口にした。

ここまでを見終えて、精神的な疲れを感じながらもシャドーボクシングをしている先輩を諫《いさ》める。

「気持ちは分かりますけど、不毛なのでやめてください」

「今の私なら、幻すらも捉えられるかもしれない……！」

「いや無理ですから。無駄に様になってますけど……」

「過去最高にキレてる私がいるよ。身勝手すぎないかな、この世界の人間共」

「口調が魔王みたいになってますから……」

正直、僕も憤る気持ちは同じだ。

同じ人間にこんな扱いをしている人がいたら、僕はぶん殴ってでも止めているだろう。

それくらいに、このヘイガル王国の人々の行動は邪悪そのものだ。

「でも、これを見せられても、俺は先代勇者が何を考えて行動しているかいまいち分からないんですよね……」

カズキのそんな呟きに、落ち着きを取り戻した先輩が同意するように頷《うなず》く。

「確かにね。あれだけの目にあっても、ヒサゴという男は自分を酷い目にあわせた連中に何もしようとはしない」

「普通なら、今の先輩みたいに怒りますよね。でもそれをしないでただ命令に従っているのは、俺にはちょっと不気味に思えてしまいます」

カズキの疑問ももっともだ。

カンナギという少女と会うまで、彼がまともに人と会話した場面がない。

もしかして普通に話していることもあったかもしれないが、少なくとも僕達が見た場面においては、彼に優しくしたり親身になってくれる人間はいなかった。

「だが結果的に、彼の謎の献身は、逆に彼を利用し続けていたヘイガル王国に不信感を抱かせることになったわけだね。従順な駒を求めていたはずなのに、いざそれが手に入ったとなると、そのあまりに強大な力を恐れてしまったんだろう」

「最初からそれが先代勇者の狙い……ってわけじゃなさそうですよね」

「もし自分を王国から追い出すところまで考えての行動だったら、凄まじい忍耐力だ」

ただ言われるがままに行動する彼は、ヘイガル王国にとって都合のいい駒ではなく、意味の分からない存在に思えたことだろう。

実際、僕達も何を考えているか全く分からないし。

「多分、あの人達はヒサゴさんが強い力を持つまで、自分達が彼に酷いことをしているって思っていなかったんだろう」

「……まあ、そうだろうな」

「でも、彼は魔王軍を蹴散らせるほどに強くなって、自分達が復讐されるかもしれないって思ったことで、ようやく自分達の行いを省みた」

本当に身勝手だ。

いざとなったら自分達のしたことを忘れて、勝手に怯えて国を追い出すなんて。

「まあ、自業自得だよね。そもそも自分達が召喚した人物について最低限は知っておくべきだったと思うよ。誰が来るか分からないんだし」

「そうですね……誰が来るか分からないですしね」

「ねぇウサト君、なんで私を見て言うのかな？」

他意はないです。

本当です。

「でも、カンナギちゃんがいてくれたのは精神的に癒やしになったよね」

僕はヒノモトの隠れ里で、同じ名前の人の像を見たことがある。

風化してて容姿こそはっきりと分からなかったけれど、先代勇者であるヒサゴさんと行動しているとなると、彼女がそのカンナギ本人で間違いないだろう。

「ウサト、何か知っているのか？」

「うん」

僕の表情を見て何かに気付いたカズキの言葉に頷く。

ここで隠さずに、カンナギの情報を共有しておこうか。

「以前ヒノモトの隠れ里に行ったとき、カンナギを称《たた》える像が作られていたんだ」

「へぇ、そうなのか」

「何か彼女に関する話が聞けたのかな？」

「彼女は、勇者と獣人を引き合わせた英雄と言われていました」

彼女のおかげで獣人が今まで生きながらえたと聞いていたが、本当のことだったようだ。

「もしかすると、彼女を通じてヒサゴさんが色々なことを獣人達に教えたのかもしれないね」

もしそうだとしたら、本当に規格外な人だな。

魔王軍と相対し、なおかつ今まで人間に虐げられてきた獣人達とも友好を結ぶなんて、難しいどころのレベルじゃない。

「そういえば、さっき獣人の子供を褒美としてもらったって言っていましたけど……」

「あ、それじゃあ、もしかしてその子って……」

僕とカズキがそう口にすると、またまた場面が移り変わった。

＊＊＊

次の場面では、旅に出ようとしているヒサゴさんと、カンナギと呼ばれた獣人の少女がいた。

どんな基準でヒサゴさんの過去を見せられているのか分からないけれど、今見せられているのはそれほど悪い場面ではないようだ。

戦場で見たボロボロの格好ではなく、フードのついた綺麗《きれい》な服を着たカンナギが、隣を歩くヒサゴさんを見上げる。

『そういえばさ、ヒサゴってどんな字を書くの？』

『ん、こうだ』

カンナギにそう質問されたヒサゴさんは、手にした剣の鞘で地面に文字を書いた。

そこには達筆な字で『久午』と書かれていた。

あれでヒサゴって読むのか。

『ふぅん、変な字だね。蛇みたい』

『……ナギ』

カンナギを短くしてナギと呼んでいるのかな？

ヒサゴさんの声に、カンナギが振り向く。

『何？』

『喧《やかま》しい。もっと静かにしてくれ』

『やだ』

むすっとした顔で返すカンナギ。

そんな彼女に隣の先輩が反応する。

「かわいっ」

「先輩、ステイ」

「ぐぬぬ」

カンナギの子供っぽい仕草に心を撃ち抜かれている先輩を諌めながら、改めてヒサゴさんへと目を向ける。
　ヒサゴさんの年齢は二十代後半くらいだろうか。
　髪を後ろで結うように縛り、疲れたような表情をしている。
『もっとヒサゴの話、聞きたいから！』
『はぁ……』
『私、役に立つよっ！』
　そう言ってげんなりするヒサゴさん。
『ほう、どんな風にだ？』
『聞いて驚くな！　私、未来とか予知できちゃうんだから！』
『そうかそうか、そりゃすごいな』
『信じてないなぁ!?』
　わーわーと騒ぐカンナギをいなすヒサゴさん。
　相手が子供だからか、いつもの無感情ではなく普通に応対している。
　こうした日常の一コマが、彼にとって心休まる一時なのかもしれない。
　僕はそう思わずにはいられなかった。

　そのとき、どこからか僕達にも聞き覚えのある声が響いた。
『貴様が噂《うわさ》に聞く勇者か』

いつの間にか剣を引き抜いたヒサゴさんが、カンナギを庇《かば》うようにしながら空を見上げていた。

僕達も見上げると、そこには僕達をこの幻影の中に閉じ込めた張本人——魔王が浮かんでいた。

「魔王ッ！」

「いや、待つんだカズキ君！　あれは、この記憶の中の魔王だ！」

僕も思わず臨戦態勢に移りかけるが、先輩の声にハッとする。

確かに目の前の魔王は僕達ではなく、ヒサゴさん達を見ている。

『ヒ、ヒサゴぉ……』

『俺の後ろにいろ。手前《てまえ》、何者だ？』

警戒を露《あら》わにするヒサゴさんを見下ろした魔王は、愉快そうにその口の端を歪《ゆが》める。

幻影だと分かっても、緊張を隠すことはできない。

『この世界の人間の敵、といえば分かるか？　異世界の戦士よ』

『……ということは、手前が魔王とやらか？』

『然《しか》り』

肯定する魔王。

さらに警戒心を強めたヒサゴさんは、自身の体に薄く魔力を纏《まと》う。

『それで、わざわざここまで出向いたってことは、俺を殺しに来たのか？』

『いいや。愚かな人間が異世界から呼び寄せた勇者を放逐すると聞いてな。少しばかり顔を見てやろうと足を運んでみたのだ』

……なんだろう、どことなく僕達が戦った魔王よりも性格が悪そうな気がする。

気まぐれな面が強いのだろうか。

すると、魔王の視線がヒサゴさんの背中に隠れているカンナギへと向けられる。

『ひぃっ!?』

魔王の視線に晒《さら》され、尻尾と耳を震わせるカンナギ。

隣で先輩が小さい声で「かわいっ」と呟いたが、スルーしておく。

『珍しい魔力……予知魔法の使い手か。その獣人は貴様の奴隷か？』

『ただの小汚いガキだ』

『だ、誰がガキだぁ。このおっさん！』

怖がりながらもヒサゴさんに食ってかかる強気なカンナギ。

だけど、それよりも彼女の持っている魔法に僕は驚いていた。

「カンナギが、本当に予知魔法を……？」

「だから、どことなくアマコの面影があったんだね……」

アマコはカンナギの子孫か、それに近い血筋なのだろうか。

『まあいい、未熟な予知魔法使いには興味はない。それより、貴様だ』

あくまで魔王の興味の対象はヒサゴさんのようだ。

魔王に戦闘の意思がないのを悟ったのか、ヒサゴさんは剣を鞘に納める。

『ヘイガル王国が行った『勇者召喚』。自らが置かれた状況すらも理解できぬ俗物共の苦肉の策により導かれたのが、貴様のような者だとは思いもしなかったぞ』

『……俺を見ていたのは手前だったのか』

魔王はヒサゴさんの召喚を察知していたのか。

それに加えて、ずっとヒサゴさんの動向を観察していた。

もしかしたらそれこそが、今僕達が見せられている光景といってもいいのかもしれない。

『貴様はなぜ他者と隔絶した力を持ちながら、あのような者達に従うのだ？』

『どういう意味だ？　手前の言葉は小難しい』

ヒサゴさんの言葉に、一瞬呆気《あっけ》にとられながら額を押さえる魔王。

すぐに顔を上げると、先ほどと同じ声色で若干ゆっくりと話しかける。

『強い者が、なぜ弱い者に仕えるのかと聞いたのだ』

『なんだ、そういうことか』

納得したように頷いたヒサゴさんは、毅然《きぜん》とした表情のまま魔王を見上げる。

『俺は、あの王に命を救われた』

『……ほう』

『俺は、戦に敗れた兵だった』

その呟きに反応したのは、先輩だった。

「ということは、彼は戦争のある時代からやってきたとみてもいいのかな？」

「そしたら先代勇者は、かなり昔の人ということなんですかね」

先輩とカズキの驚きを含んだ言葉に、僕も頷く。

しかし、命を救われたとはどういう意味だろう？

その疑問を抱いたそのあとに、ヒサゴさんが口を開く。

『敗残兵の末路は、飢えて死ぬか、敵方の兵に嬲《なぶ》り殺されるかのどちらかだ。この俺も敵兵どもに囲まれ同じ末路を辿《たど》るかと思いきや、何がどうしたものか『いせかい』とやらに来ちまった』

ヒサゴさんが召喚されたタイミングは、彼が命を落とす寸前だったのか。

『神隠しかどうかは分からんが、俺が命を救われたのは確かだ』

彼が振り向いた視線の先には、ヘイガル王国の城が高くそびえ立っていた。

それをジッと見上げた彼は、再び魔王へと振り返る。

『その恩を返すため、新たな主君に仕えた。ただそれだけの話だ』

「まさか、あの国王を主《あるじ》と認めて仕えていたから、何も言わずに戦っていたのか……？」

信じられないといった様子でカズキが呟く。

「私達とは生きている時代が違っていたんだ。意識の相違があっても不思議じゃない。彼が仮に侍であったとするなら、主君には身命を賭して仕え、殉じるべきだと考えていてもおかしくないはずだ」

「詳しいですね」

「フッ、日本史は得意でね」

そう言って胸を張る先輩を見て、なんとなく察する。

戦国時代の武将とか好きそうですもんね、はい。

すると、魔王は露骨に顔を顰めた。

『理解できんな。貴様ほどの力があるものが、あのような俗物共に頭《こうべ》を垂れるか』

『主がいかような野望を持っているかなど、関係ない。俺はへいがるの一人の兵として戦い、人の命を守るという使命を果たすだけだ』

『それがどのような末路を辿るか分かっていてもか？』

『先のことは知らん。だが、俺は手前を倒す』

強くそう言い切ったヒサゴさんの言葉に、一切の迷いはなかった。

再び剣を引き抜き、地面に向けて流すように構える。

『私は戦う気はないのだがな』

『俺と手前は敵同士だ。ならば、ここで戦うのが道理というものだろう』

『ク、クハハ！　そうか、その通りだな！』

魔王の周囲にいくつもの魔法陣が浮かび上がる。

魔王はとてつもない威圧感を放ちながらヒサゴさんを見下ろした。

『もう少し成長してから戦ってやろうと思っていたが、気が変わった。今ここで相手をしてやろう』

『……』

『そして貴様は知ることになる。人間の弱さを、醜さを、残酷さを。それまで、絶望せずにいられるかな？』

『……ナギ、下がってろ！』

『う、うん！』

明るく輝く魔力を纏いながら、幾重もの魔法陣を従える魔王に向かっていくヒサゴさん。

視界いっぱいに光が溢れ、次に木々がなぎ倒され、地面が砕ける音が響いていく。

そこで、光で覆われた景色が大きく歪んだ。

＊＊＊

光が収まると、暗闇が広がっていた。

「今度は、夜か……？」

「あのあとがどうなったか気になるけど……」

僕達の視線の先には、焚《た》き火を囲むヒサゴさんとカンナギがいた。

ヒサゴさんは怪我とかはしていないように見えるけど、服はところどころボロボロで、何かの戦いのあとのようにも思えた。

「……あれ？　カンナギちゃん、少し大きくなってない？」

彼女を見ると、確かに少し大人っぽくなっている気がする。

アマコより少し身長が大きいくらいかな？

そんなことを思っていると、木の棒で焚き火をつついていたカンナギが、無言で目を瞑っているヒサゴさんに声をかけた。

『見張りは私がしとくから、ヒサゴは寝てていいよ』

『いや、心配ない。お前こそ寝ろ』

『お前、魔王軍とずっと戦ってたんだから、ほとんど寝てないだろ』

呆れたようにそう言ったカンナギは、何かを思い出したように口を開いた。

『そういえばさ、夢を見たんだ』

『待て、やめろ。言うな』

『なんでだよ』

『お前の見る夢は大抵碌《ろく》なもんじゃないからだ。前なんて、エルフの隠れ里でとんでもない目にあったからな』

『単純にヒサゴの運が悪いだけだと思うよ。私はあくまで、未来を予知してるだけだし』

アマコと同じく、カンナギも夢という形で予知を見るのか。

僕も邪竜のときとかの予知で散々な目にあったことがあるので、ヒサゴさんの気持ちはよーく分かるな。

『はぁ、分かった。今度はどんな厄介事だ?』

『ふふん、今回はそういうわけじゃなくてね。不思議な夢だったんだよ！』

『はぁ』

やけにテンションの高いカンナギに、疲れたように返事をするヒサゴさん。

『見えたのは、珍しく私とヒサゴの姿じゃなかったんだよ』

『じゃあ、なんだ？　魔王か？』

『あいつでもないよ。顔は朧《おぼろ》げだし、断片的に見ただけだから、誰かまではよく分からなかったけど……とても面白かったんだ』

どこか楽しそうな様子のカンナギ。

『見えたのは、ヒサゴと同じような黒髪の人間の子供だ』

『黒髪？　この世界でも珍しくはないだろ』

『そうだけどさぁ。なんとなく、お前と近い感じがしたんだ』

『そいつも碌な目にあってなさそうだな……。で、そいつがどうしたんだよ』

ヒサゴさんが先を促すと、カンナギが続きを話す。

『その子供はさ、魔族や獣人、魔物と仲良くしてるおかしな人間だったんだよ』

『は？』

「「は？」」

奇《く》しくも、ヒサゴさんと僕達の声が重なった。

え、何それ、どういうこと？

予知魔法って、そんな先の未来まで見ることができたの？

いや待て、もしかしたら僕以外にも魔族や魔物や獣人と仲のいい黒髪の人間がいてもおかしくはな――、

『その子、とても身体を動かすことが好きらしくてね。走り回ったり、大きな熊の魔物を背負って走ったりしてて、びっくりしたんだ』

「ウサト君だね」

「ウサトだな」

「もしかしたら、別の人かもしれないじゃないですか!?」

「いや、でも熊を背負って走る人なんて後にも先にも君しかいないと思うよ」

「ですね。もうウサト以外には考えられないよ」

くっ、否定できない。

しかし、どうしてカンナギは僕の姿を予知で見たんだろう。

同じ予知魔法を使うアマコと繋がりのようなものがあったのだろうか。

『あ、獣人の子は私と似た感じがしたね。身長は小さかったけど』

『お前なんじゃないのか?』

『それはないね。だって、記憶にないし』

『……他にも、何か見たのか?』

『うーん……』

それからカンナギは断片的に見たという夢の内容を話すが、その中にはカズキや先輩を思わせるような人物もいた。

『もしかしたら、ずっと未来の話かもしれないね』

『……』

最後にそう締めくくったカンナギに、ヒサゴさんは無言になる。

彼の表情はどこか戸惑っているようにも見える。

『……くだらない』

『ここまで聞いておいて、それは酷いと思うんだけど』

『寝る』

『は？　ちょっとヒサゴ！』

『……』

『なんだよ、もう。つまんないの』

ふて腐れながらため息をついたカンナギが、手に持った枝を焚き火へ放り投げる。

それから先は、ぱちぱちと火が燃えるだけの光景が続く。

沈黙に耐え切れなかったのか、カズキが戸惑いながら口を開いた。

「ヒサゴさんの様子、ちょっとおかしかったな」

「いきなり未来の話をされて、驚いたのかもしれないね」

「うーん、そうなのかなあ……」

腑《ふ》に落ちない表情を浮かべるカズキ。

すると、目の前の空間が歪んでいく。

「……っ、またか」

「ですね。相変わらず、こうも連続だと……っ」

また別の景色に移り変わろうとしているようだった。

＊＊＊

場面を早送りするような現象に気持ち悪さを抱いているうちに、ヒサゴさんとカンナギの姿は消え失《う》せ、代わりに別の景色が現れる。

「ここは……」

「どこかの、街の中？」

そこは、先ほどの木に囲まれた道とは違い、建物が立ち並ぶ都市の中であった。

しかし、立ち並ぶ建物はどこか薄汚れており、まるで何かに襲撃されたかのように壊されている部分も見えた。

その中には人々の姿が見えるけど、どこか様子がおかしかった。

『この化け物！』

『あんたが魔族を倒していれば！』

『この街から出ていけ！』

その場にいる誰もが目を血走らせながら罵倒の言葉を浴びせ、人だかりの中にいる誰かに怒りのままに手に持ったものを投げつけている。

その中心にいたのはヒサゴさんと、フードを被《かぶ》った女性だった。

その女性は投げつけられたものを蹴り飛ばすと、群衆の前へと躍り出た。

『この恩知らずどもめ！　これ以上文句を言うなら、今すぐ斬り殺すぞ!!』

凛《りん》とした声でそう叫んだ拍子に、女性が被っていたフードから見覚えのある金色の髪と碧《みどり》色の瞳が覗《のぞ》いた。

「え、嘘《うそ》!?　カンナギちゃんがカンナギさんに!?」

「大人になってるってことは、さっきの場面から何年も経《た》っているってことか……？」

いくらなんでも時間が飛びすぎじゃないのか!?

カンナギは十代後半に見えるくらいにまで成長している。

「いや、それよりも、どうしてヒサゴさん達がこんなにたくさんの人達に責められているんだ？」

カンナギは自身の腰に携えられた剣に手を添えながら、周囲を威嚇している。

一方でヒサゴさんは無言のまま目を瞑っているだけで口を開こうとはせず、周囲の人々の罵声を甘んじて受けているように見えた。

耐えかねた人々が、何も言わないヒサゴさんに再び罵倒の言葉を叩きつける。

『そいつがいるせいで、俺達の街がこんなことになったんだ！』

『なにが勇者だ！　とんだ疫病神じゃないか！』

この言葉に反応したのも、またカンナギだった。

彼女は怒りのままに、声を発した人に剣の切っ先を向ける。

『お前達が自分で連れてきたんじゃないか！　魔王の甘言に騙《だま》されて、ヒサゴを差し出そうと裏切ったくせにッ！　それで助けてもらったら、私達を責めるのか!!』

『……ッ！』

凄まじい剣幕のまま、彼女は頭に被っていたフードを外す。

キツネに似た耳が露わになると、彼女達を取り囲んでいた人々は狼狽えた。

『じゅ、獣人!?』

『私はこいつほど慈悲深くないぞ、人間共！　これ以上こいつを責めるなら、私はお前らを一人残らず――』

『ナギ、やめろ』

彼女を止めたのは、今まで黙って人々に責められていたヒサゴさんであった。

彼は周囲を見回すと、そのまま彼女の腕を掴《つか》んで歩き出した。

何一つ言葉を発さずに歩く彼に、人々は固唾《かたず》を飲みながら道を開けていく。

『離せ、ヒサゴ！　このバカッ！　こいつらは、お前を……！』

『俺は気にしてない』

『私は気にしてるんだよ！　こんな奴らに好き勝手言わせるなよ!!』

その場を去っていく二人の背中を見送っていくと、さらに景色が歪んでいった。

続けて現れたのは、怒りの表情を浮かべながらヒサゴさんに詰め寄るカンナギの姿だった。

『なんでお前はそこまで甘いんだ！　どう考えてもあいつらの方が悪いじゃないか！』

『彼らは不安なだけだ』

『いいや！　体《てい》のいい八つ当たりの場所を探しているだけだ！　お前は……お前はどうしてそうバカなんだ!?　その刀をもらったとき、ファルガ様にも言われただろ！　その自己犠牲心をなんとかしなくちゃ、後悔することになるって！』

よく見れば、ヒサゴさんの腰には大小二つの刀が差してある。

そのうちの一本が僕の籠手《こて》になった勇者の刀だろうか。

彼がそれを持っているということは、ヒサゴさんも既にファルガ様と出会っていたということになる。

『思い出せ、ヒサゴ。この三年間、まともに人から感謝されたのは何回だ？』

『……』

『魔王との戦いが本格化してから、お前は魔族だけじゃなく、人間からも追い込まれているじゃないか！　まさか、それが分からないとは言わないよな？　おい！』

ヒサゴさんの襟を掴み上げるカンナギ。

彼女の強い訴えに、彼は消え失せるような小さな声で何かを呟いた。

『これが俺の役目だからだよ』

『は？』

『俺は魔王を倒す使命を受けた勇者。そう主から仰せつかったんだ。どんな扱いを受けようと、俺は気にしない』

あれだけの仕打ちを受けていたヘイガル王への報恩は、今でもまだ続いていた。

その言葉を正面から受けたカンナギは、ヒサゴさんの襟を掴む手を震わせる。

『もう、やめろよ……。お前だって、人間なんだよ……。いつまでもそのままだったら、いつか壊れちゃうよ……』

涙声でそう訴えかけるカンナギに少し驚いたような反応をしたヒサゴさんは、優しい表情を浮かべながら父親のように彼女の頭を撫《な》でつける。

『ナギ、心配してくれてありがとう。でも、俺は大丈夫だ』

『……っ』

『人間も、まだ捨てたもんじゃない。今回は俺がうまくやれなかっただけだ。この次はちゃんと感謝の言葉ももらえるだろうさ』

『……うん』

笑いかけるヒサゴさんに、小さく頷くカンナギ。

彼の表情も大分、柔らかくなっている気がする。

この世界で過ごしてきた数年間は、ヒサゴさんの態度を軟化させたのだろうか。

『——ねえ、ヒサゴ。リングル王国に行こう』

「「「え!?」」」

聞き馴染《なじ》みのある国名が出て、思わず三人揃《そろ》って驚いてしまう。

今の世界の状況を考えて、この時代のリングル王国がどうなっているのかはあまり知りたくなかった。

ヒサゴさんは、カンナギの言葉に首を傾《かし》げた。

『どうしてだ？』

『あそこだけはまともだっただろ。心配になるくらい能天気な王がいるけど、あそこだけはお前を受け入れてくれたじゃないか』

『……そうだったか？』

『前回行ったときは普通に歓迎されて罠《わな》かと思ったが、結局そんなことはなかったじゃないか』

『……分かった。じゃあ、しばらくの間はリングル王国に身を潜めることにしよう』

こくこくと頷いたカンナギに、ヒサゴさんは懐から地図を取り出そうとする。

「私達のいる国は、何百年も前から変わらないんだね……」

「やっぱり、ロイド様のご先祖様も優しい人だったんだなぁ」

「僕としては、リングル王国が今と変わらないようで安心しましたよ」

昔のことではあるけれど、僕達の知るリングル王国が何百年も前からその国風が変わっていない事実に安堵してしまった。

そこで、地図を取り出したヒサゴさんがカンナギにそれを見せる。

『幸い、リングル王国はそれほど遠いわけじゃないな。だけど、道中に食料も調達しなきゃならないから――』

彼は地図に記された地名を指さしながら、カンナギに説明する。

『――サマリアールに寄る必要があるな』

「ッ!?」

サマリアール王国……だと？

よりによって、どうしてそこなんだ？

今、ヒサゴさんは二つの勇者の刀を持っている。

そんな彼の次の目的地があのサマリアールだなんて、性質《たち》の悪い冗談にしか思えない。

胸の奥からこみ上げてくる吐き気に、思わず口元を押さえてしまう。

「ウサト、大丈夫か？」

「ど、どうしたんだい？」

脳裏をよぎるのは、かつて魔術により縛られた魂に見せられたサマリアールの過去の記憶。

耳障りな雄叫《おたけ》びを上げる邪竜。

毒に冒され苦しみ悶《もだ》える人々。

そして、その中でたった一人戦う勇者。

多くの人々を救い、ようやく彼自身が心を救われたその先に――さらなる絶望が叩きつけられる。

「あぁ、クソ……！　そういうことか、こうやって繋がってしまうわけか……！」

僕の知るサマリアールの呪い。

それは、勇者の力に魅入られた王と一人の魔術師によって引き起こされた悲劇。

「う、ウサト君、顔が真っ青だよ……？」

先輩とカズキには、サマリアールの王族の呪いについて話したことがある。

僕が数百人の魂達から精神攻撃を食らっていたことも知っている。

でも、僕が見せられた精神攻撃の内容と、そもそもの発端である勇者と魔術師については、深く説明していなかった。

『じゃ、早速行こう！』

『おい、待てって』

カンナギが荷物を背負って、道を走り出す。

それにため息をつきながらついていくヒサゴさんが、ふと足を止めて自分の手元を見つめた。

『人間も捨てたものじゃない、か……。どの口が言えたのだろうな。見捨てかけているのは、俺の方だってのに』

そう自嘲《じちょう》するように口にしたヒサゴさんは、そのまま歩を進めていく。

それと同時に場面が移り変わっていく。

次に来る場面は予想できてはいたけど、僕には何もできない。

歯痒《はがゆ》い思いに駆られながら、空間が完全に移り変わるのを待つしかなかった。

＊＊＊

『グギャォォォォ!!』

悍《おぞ》ましい邪竜の声が、僕達の身体を大きく震わす。

その声に、僕は一種の諦めの感情を抱きながら、思い切り地面を殴りつける。

僕が散々見せられた彼らの記憶と同じだ。

幸せだった日常が一瞬で地獄へと変わってしまう。

サマリアール王国の街並みは破壊し尽くされていて、見る影もない。

しかし、こんな状況で僕が取り乱して、先輩とカズキに迷惑をかけるわけにはいかない。

ゆっくりと深呼吸をして我に返った僕は、周囲へと目を向ける。

邪竜の姿はそこにはなく、半壊した街の中で逃げ惑う人々と、そんな彼らを逃がしているカンナギとヒサゴさんの姿を見つける。

『ヒサゴ！　どうするんだ!?』

『俺が奴を倒す。ナギ、お前は街の人を安全な場所へ逃がせ』

人々が逃げる方とは逆の方向に歩き出していくヒサゴさん。

彼は一人で邪竜を相手にするようだが、その背中を見たカンナギは何を思ったのか、彼の腕をぎゅっと掴む。

『なんだ？』

『……倒せるんだな？　何か変なことを考えてないよな？』

『……何を言ってるんだ？　お前はさっさとやるべきことをしろ。ほら、シッシッ』

やや乱暴にカンナギの腕を振りほどいた彼は、腰の刀の鞘に手を当てた。

その瞬間、頭上から巨大な影が降りてくる。

黒い鱗《うろこ》に、二つの翼。

鋭利な牙が覗く禍々《まがまが》しい口からは、毒々しい紫色の霧が漏れ出している。

僕にとっての悪夢である邪竜が、その場に降り立った。

それを目撃したカズキは、気圧《けお》されながら僕の方を向いた。

「ウサト、もしかして……」

「うん、あれが邪竜だよ。僕が戦ったときは劣化していたけど、あれは完全な状態だろう」

咆哮を上げた邪竜とヒサゴさんが動く。

邪竜が尾を振るだけで家屋がなぎ倒されるが、小刀を引き抜いた彼は容易《たやす》くそれを受け止める。

『系統強化〝封〟』

邪竜の尾を受け止めた小刀から、小さな光の球体が飛び出す。

明らかに体格や腕力とは異なる力を用いた彼は、驚愕《きょうがく》を露わにする邪竜に構わず、光の球体を纏わせた小刀を自身へと突き刺した。

『〝解〟』

一瞬の輝きのあとに彼は小刀を引き抜いたが、その身体に傷はない。

それどころか、腕を大きく振り上げた彼はそのまま邪竜へと駆け、奴が吐き出した毒の霧さえも無視しながら、その巨体を空高く殴り飛ばした。

そして、邪竜はなすすべなく攻撃され続ける。

「先代勇者の魔法は、俺と同じ光魔法……だったはずですよね」

「うん。でも、系統強化がカズキ君とは違うね。推測するに、あれはあらゆるものを封印して、それを自由に解放できる系統強化みたいだ」

「なるほど。邪竜の力を封印して、それを解放して殴りかかったってわけですか」

邪竜だって弱くはない。

いや、むしろたった一体で都市をこれだけ破壊しつくせるのなら、この大陸でも随一の力を持っているといってもいいのかもしれない。

ただ、相手が絶望的に悪かっただけだった。

『オノレッ、オノレェエ！　勇者アァア!!』

片方の翼を断ち切られ、片目を潰《つぶ》された邪竜が、大口を開けて毒を吐き出そうとする。

『今か……！』

その瞬間を狙っていたのか、小刀を逆手に持ったヒサゴさんが奴の口の中に飛び込んだ。

そのままごくりと彼を飲み込む邪竜に、先輩が慌てたような声を漏らす。

「た、食べられちゃったよ!?」

すると、ヒサゴさんを飲み込んだ邪竜の身体が痙攣《けいれん》し始める。

邪竜の身体を金色の光が包み込み、それが胸にあたる位置まで収束すると、奴の身体はついに地面へと倒れて、そのまま動かなくなってしまった。

完全に息絶えた邪竜の口から這《は》い出たヒサゴさんは、そのまま動かなくなった邪竜を見下ろした。

『変なこと、か。ああ、確かに変なことだろうな……』

そう静かに悔いるように呟いた彼の手には、先ほどまで持っていた小刀がなかった。

勇者の小刀は、今このときに邪竜の魂を封印する媒体として使われてしまったのだろう。

「こうして邪竜は封印されて、その数百年後にネアの手によって再びこの世に蘇《よみがえ》ったってわけか」

「なるほど、そして封印に使った小刀がウサトの手に渡るんだな」

「そうだね。でも、問題はこのあとだ……」

邪竜を倒したことにより、またもや場面が大きく移り変わる。


移り変わった先は、多くの怪我人が寝かせられている避難所のような場所だった。

その場所で、ヒサゴさんとカンナギは邪竜から王国を救った英雄として、多くの人から感謝されていた。

ありがとう、ありがとう、と偽りのない本心からの感謝の言葉。

その言葉に、ヒサゴさんは張り詰めていた雰囲気を柔らかいものにした。

「……なんだ、まだこの世界の人達も捨てたもんじゃなかったな。またヒサゴさん達が責められるのかと思って、ドキドキしてたよ」

「これで、少しはあの人の苦悩も報われてほしいものですけど……」

そんな光景を見た先輩とカズキは、一安心したように胸を撫で下ろした。

だけど、それから先のことを知っている僕にとっては、目の前の光景でさえ痛々しいものにしか見えなかった。

それでも、僕は一縷《いちる》の望みを込めて周囲に目を向ける。

しかし、その望みも空《むな》しく、ヒサゴさん達の背後には頂上に鐘が取りつけられた小さい塔のようなものが建設されていた。

その建物を見て救いはないと分かってしまった僕は、ヒサゴさんの身にこれから起こることを二人に話すことにした。

「先輩、カズキ、僕がサマリアールで呪いを受けたことは話しましたよね？」

「あ、うん。聞いたよ」

「たしか王族を蝕《むしば》む呪い、だったよな？　大昔に死んだ魔術師がかけたって」

「その呪いの出どころについて、僕はまだ話していないんです」

僕の声に合わせ、景色が変わっていく。

人々に感謝され、壊れかけた心を癒やすヒサゴさんの姿は見えなくなってしまった。


映し出されたのは同じ場所だ。

「これは、そんな……っ！」

「なんだよ、これ……！」

決定的に違うのは、先ほどまでヒサゴさんにお礼の言葉を口にしていた人々が、全員魂を抜かれたように命を落としてしまっていたことだった。

生きている人達は悲しみのあまり泣き叫び、そんな彼らの元へ駆けつけたヒサゴさんはただ呆然《ぼうぜん》と膝を屈するしかなかった。

「確かに、ヒサゴさんは邪竜を倒してたくさんの人達を救った。でも……その強すぎる力に魅入られてしまった人達がいた」

「魅入られた……？」

「当時のサマリアール国王と、彼に仕える魔術師です」

今考えてもバカな話だと思う。

邪竜に襲われた後だっていうのに、彼らは傷ついた国民ではなく、国民を守るために力を尽くしたヒサゴさんしか見ていなかった。

「でも、あまりにも強すぎるヒサゴさんの力を自分のものにするには、普通の方法では無理だったんです」

「まさか、そいつらは邪竜に怪我を負わされた人達を……？」

「生贄にしました。それでも、彼らはヒサゴさんを縛りつけることはできませんでした」

人々の死は無意味だった。

それを理解した先輩とカズキは、言葉を失っていた。

「残ったのは、魂を抜かれた肉体だけ。彼らの魂は、魔術師によって何百年も縛りつけられることになって……。それが、王族を蝕むサマリアールの呪いになったんです」

ヒサゴさんは先ほどと変わらず、魂の抜けた亡骸《なきがら》と化したサマリアールの人々を見ているだけだ。

何も言わずただ立ち尽くしている彼に近づいたカンナギは、怒りを露わにする。

『あいつら、斬り殺してやる！』

『やめろ。ナギ』

『止めても行く！　あの外道共、絶対に許してたまるもんか!!』

『ナギ!!』

声を張り上げたヒサゴさんに、カンナギの肩が震える。

『俺が、間違っていた』

『え？』

『この時代の人間は、救いようがない。クズの集まりだ。どれだけ救っても無駄だった』

ヒサゴさんは無表情のまま涙を流していた。

呆然とする彼女に構わず、亡骸となった人達から視線を逸《そ》らした彼は、城と逆の方向を見る。

『じきにあの王と魔術師が追っ手をよこしてくるだろう。この国を出るぞ』

『……ッ、お前は、いいのか。それで』

『どうせ、奴らはまともな末路を辿らないだろうよ』

彼の声には、怖くなるくらいに感情がなかった。

まるで人形のように意思を感じられなくなったその言葉に、カンナギは先ほどまで見せていた怒りを忘れて先を歩く彼の元へと駆け寄る。

『ね、ねぇ。次の行き先はリングル王国だよね？』

『……いや』

歩きながら彼は首を横に振る。

『魔王を倒す』

『な、なんで……？』

突然、しかも目の前で罪もない人々が大勢死んでしまった直後にそのような行動にでる彼に、カンナギは困惑を隠せない様子だ。

『もう、疲れたからさ。終わりにしようと思うんだ』

『ヒサゴ……お前……』

『ナギ、いつだったか未来のことを話していただろ？』

先ほどと変わらない感情を失ったような声で、ヒサゴさんはカンナギに話しかける。

『人間が、魔族や獣人と仲良く生きる。そんな夢のような未来が、来るといいな』

熱を失ったような声でそう言い放った彼を最後に、その場面が終わる。

先代勇者の絶望へと繋がった過去を目撃してしまった先輩とカズキの表情は、暗いままだった。

第九話　戦う者達の決意!!　の巻

ウサトとの同化を解かれたボクは、アイツを助けるために必死に走った。

それは、アイツがボクにとって掛け替えのない存在だからだ。

遥《はる》か格上の魔王を前にして、ボクはただ怯《おび》えることしかできなかった。

『僕の、仲間で……友達です！』

魔王の重圧を前にして、ウサトが口にした言葉。

その言葉でボクがどれだけ救われたか、お前は知らないんだろうな。

ボクは、絶対にお前だけは見捨てないと決めた。

だから全力でローズの元に向かって、彼女を魔王のところへ連れてきた。


そこから、また連合軍と魔王軍の戦いが始まった。

魔王に付き従う魔族達と、勇者とウサトを救うために立ち上がった人間達。

互いに満身創痍《まんしんそうい》のままの戦いだが、その気迫は最初の戦い以上のものとなっていた。

「……ふんっ」

「ぐあっ！」

闇魔法で作った剣で、襲いかかってきた魔王軍の兵士を気絶させる。

以前のボクなら迷いなく殺しているところだけど、今は剣の刃を潰《つぶ》しているから命まで取ることはない。

……こいつら、ボクを魔族と知ったらどう思うのだろうか。

フードを目深に被《かぶ》りなおしながら、すぐにその考えを打ち消す。

「そんなこと、関係ないか」

魔族だとか人間だとか、どうでもいい。

ボクは、アイツを助けるために動くことに決めたのだ。

「ローズ……」

轟音《ごうおん》が響く先では、ローズがウサト達を奪還するため魔王を相手にしていた。

怪我をして片腕しか使えない彼女ではあるが、それでもなお異常な身体能力と反射神経のみで魔王と渡り合っている。

魔王の繰り出す魔術は、広範囲に破壊をもたらしている。

とてもじゃないが、ボクが近づけるようなレベルの戦いじゃない。

「治癒魔法使いの仲間か！」

「っ!?」

背後からの声に剣を出しながら振り返ろうとすると、それよりも先に青色の巨体が、ボクへ攻撃しようとしていた兵士を吹っ飛ばした。

「グァ！」

「ブルリンか。ありがとう、助かった！」

ウサトの相棒であり、強力な魔物。

彼もまた紛れもない救命団の一員であり、今もその背に怪我人を乗せて移動している。

本当なら、ボクも黒服として動かなければならないけど――、

「ブルリン、ボクはウサトが目覚めるまでここで戦う」

「グルァ」

「絶対に、ウサトは助ける。だから、お前も頑張れ」

こういうとき、口下手な自分が嫌になってしまう。

そのままボクを見上げるブルリンの頭を一度撫《な》でると、彼はこくりと頷《うなず》き走り出した。

「よし、ボクも……」

そのとき、ボクのいるところからそう遠くない場所で炎が上がる。

すぐさまそちらを見れば、ミアラークの勇者だというレオナがアーミラとコーガを相手に戦っていた。

いや待て、よく見るとレオナの肩にはネアがいるぞ。

「そこを通せ！」

「それはできない相談だ！」

アーミラとレオナは、炎と冷気をぶつけあいながら戦っていく。

その二人を邪魔するように、コーガが左腕を鞭《むち》のように変形させ攻撃を仕掛ける。

「レオナ！　コーガの攻撃が来るわよ！」

「チィ……！」

槍《やり》を回転させるように振り回したレオナは、コーガの腕を弾《はじ》き飛ばす。

ネアがいるとはいえ、二対一じゃ分が悪い。

……本当はコーガなんかと戦うのは嫌だけど、やるしかないか。

覚悟を決めたボクはレオナの元に駆けつけながら、右腕から闇魔法を槍のように伸ばし、コーガへと向かわせる。

「死ねい、コーガ！」

「危ねぇ!?」

「チィ！　避《よ》けたか！」

ギリギリで避けたコーガに舌打ちする。

いや、殺すつもりはない。

ただ心の声が漏れてしまっただけだ。

「助けに来たぞ、レオナ！」

「感謝する！　……ところで、君は誰だ？」

そういえば、ボクはウサトと同化していたから分からないよな。

困惑した様子のレオナに、彼女の肩にいたネアがボクのことを説明してくれる。

「レオナ、この子はフェルム。ミアラークでウサトが呼び出した魔族で、私達の仲間よ！　さっきまでウサトと一緒に戦っていたの！」

「なるほど。ところどころ意味が分からないが、味方だということは分かった！」

「今はそれだけ分かっていればいい！」

そう言ってレオナの隣に並び立つ。

アーミラはボクを見て、なぜか驚いた表情を浮かべていた。

「お前、本当にあの黒騎士か？」

「……だったらなんだよ？」

「思っていたより小柄で驚いただけだ。正直、もっといかつい風貌かと」

「悪かったな！　こんなナリで！」

そういえば、魔王軍にいたときもこいつには本当の姿を見せていなかった。

ナメられるのが嫌だから、普段から図体《ずうたい》の大きい黒騎士の姿になっていただけなのは内緒だ。

「だが、忠告した通り、私の前に立ち塞《ふさ》がるというのなら斬るぞ」

「ハッ、できるもんならやってみろ。ただし、お前と戦うのはボクじゃないけどな」

正直、アーミラとは戦いたくない。

こいつの炎は物理的な威力ではなく、周囲の環境に影響を及ぼすことができるからだ。

反転の性質を持っていた頃ならともかく、今の能力じゃアーミラに太刀打ちできる気がしない。

「じゃ、お前の相手は俺ってことか」

だが、コーガが相手ならなんとかなる。

あくまで、まだマシってくらいだが。

長話をしているつもりはないのか、炎を剣に纏《まと》わせたアーミラがそれを高く振り上げた。

「来るぞ！」

「ああ！」

轟音と共にアーミラが放った炎の壁。

それに対し、レオナは槍の穂先に強い冷気を纏わせ、それを横薙《よこな》ぎに叩《たた》きつける。

熱と冷気がぶつかりあい、熱いのか寒いのか分からない風が吹いてくるが、その風に乗じて頭上から仕掛けてくるコーガの攻撃をボクは見逃さなかった。

両腕から黒い魔力を伸ばし、いくつもの帯を放ったコーガの攻撃からレオナを守る。

「あの黒い方は気にするな！　お前はアーミラとの戦いに集中しろ！　ネアもだ！」

「分かった！」

「言われなくもそうするわ！　あんたもヘマしないでよねっ！」

相変わらず憎まれ口を叩くフクロウだが、今は目の前のバカ軍団長を足止めしなきゃならない。

ボクの前に着地したコーガは、相変わらずへらへらとしたムカつく笑みを浮かべている。

「俺と戦うつもりか？　もう黒騎士のときの力はないんだろ？」

「あんなの、もうボクには必要ない」

そう断言すると、コーガは意外そうな顔をするが、すぐにおかしそうな笑みを浮かべながらボクへと向かってくる。

「おらっ！」

回転と共に放たれるコーガの蹴りを両腕で受け止める。

「ぐぅ……！　こんなバカ力と戦っていたのか、ウサトのやつ……！」

「いや、力だけならあいつの方が上だな！」

「嘘《うそ》だろ!?」

次にコーガが振るった左腕の鞭を、こちらも左腕を盾に変形させて防御する。

「あんだけ貧弱だったお前が、随分と動けるようになったじゃねぇか！」

「死ぬほど走らされたからな！」

そのおかげで体力と反射神経はついたが、それでもコーガには遠く及ばないだろう。

「くっ！」

「そらそらァ！」

力の差は歴然。それも当然だ。

こいつはずっと、戦いだけを求めてきた戦闘バカだ。

つい最近鍛えられただけのボクとは違う。

「それでもなぁ！」

たったそれだけの差で諦めはしない！

諦められるわけがない！

今日という短い間だけだが、ウサトの戦いを間近で見て、あいつがどれだけ無茶苦茶なやつなのかを理解した。

空を飛んでいる奴らに力技で挑みかかったり、どんなにデカい魔物でも向かっていくし、絶対に無理だと思ったことを、いつだって飛び越えていくようなやつだった。

「意外性で勝負……！」

コーガの拳を真正面から盾で受け止めると、その後に繰り出される蹴りに合わせ、足から地面を這《は》わせるように帯を伸ばしてコーガの片足に巻き付け、そのまま思い切り引っ張る。

蹴りのために片足を振り上げていた奴は、見事にその場で転ぶ。

「あでっ!?」

「今だ！」

さらに足から魔力の帯を伸ばし、奴の身体を地面へ縫いつける。

よし、身動きを封じたぞ！

「よくも散々殴ってくれたな！　いっぺん死ね!!」

とりあえず蹴りを何発か叩き込むと、たまらずコーガが拘束から抜け出して距離を取る。

それほどダメージは与えていないが、ボクを見てドン引きしているように思える。

「こ、この、ウサトみたいなことしやがって……！」

「当然だろ。あいつならこうすると思ったからな」

真正面からの攻撃だけじゃ、届く攻撃も届かない。

ならば、届くように攻めればいい。

「……ハッ、なんだかなぁ。本当に変わったな、お前」

「言ってろ！」

こいつには勝てない。

だが、足止めならすることができる。

ローズがウサトを救い出すまで、ボクはここで戦う。

＊＊＊

サマリアールの一件から、ヒサゴさんは変わった。

あれ以降、ヒサゴさんとカンナギが魔王の配下達と率先して戦う場面を幾度も見せられたが、僕には彼が今までのように使命のために戦っているようには見えなかった。

「私達って、何も知らなかったんだね……」

淡々と魔王軍を相手に刀を振るっているヒサゴさんの姿を目に映しながら、先輩がそんなことを呟《つぶや》いた。

「俺達は、大分恵まれていたんですね」

僕達もほぼ強制的に連れてこられたが、リングル王国は魔王軍という脅威により崖っぷちに立たされていた。

他に取るべき手段がなかったから勇者召喚に踏み切ったわけで、リングル王国の王であるロイド様は僕達の身の安全のことも気にかけてくれていた。

いや、僕の場合は召喚されてすぐに救命団に連れていかれたけど。

「だからこそ、彼を私達と重ねては駄目だと思うんだ」

「どうしてですか？」

「言い方は悪いけど、私達と彼とじゃ、戦いに臨む意思が違いすぎるから」

カズキの疑問にそう答えた先輩。

戦いに臨む意思。

確かに、二人とヒサゴさんとじゃ違ってくるだろう。

「彼は命の恩人であるヘイガルの国王に忠誠を誓い、戦ってきた。どれだけ辛《つら》い環境で、周囲に虐げられていたとしてもしっかりとした自分を持っていた」

「俺達はリングル王国の人達を助けようって気持ちはあったけれど、ヒサゴさんと同じかと言われたらそうとも言えないな……」

ヒサゴさんを見れば、彼はいくつもの光の玉を操り、数千にも及ぶ魔王軍の兵士達を相手に無双している。

傷を負うと、おそらく治癒魔法を封印してある光の玉を解放させて癒やす。

別の光の玉を彼が破壊すると、炎や水が溢《あふ》れ出して周囲を蹂躙《じゅうりん》する。

「魔王は先代勇者の強さを見せて私達の意気を消沈させせようとしたのかもしれないけど、この程度で私達はくじけないだろう？」

「いえ、同じ光魔法使いとして自信をなくしてます……」

「彼の強さを見ると、少し不安になりますね……」

「……フッ、謙遜が過ぎるよ。君達」

無理やり通すんですね。

いや、どんなときでもポジティブなところが先輩のいいところですけど。

「だけど、彼にはないものが私達にはある」

「「え？」」

「ふふん、分かるかい？」

なぜかドヤ顔の先輩に、首を傾《かし》げながら真面目に考える。

ヒサゴさんにはなくて、僕達にはあるもの……。

何かを思いついたのか、僕と同じように考えていたカズキが顔を上げる。

「……友情？」

「惜しいっ！」

「惜しいんだ……」

そんなあやふやなものでいいんですか？

なら、努力とか？

いや、それはヒサゴさんも普通にしているし、違うな。

駄目だ。全然分からない。

正解が分からず唸《うな》っていると、またもやカズキが先輩に答える。

「もしかして、ウサト？」

なんで僕？

確かに、ヒサゴさんにはないものだけど……。

「カズキ君、正解！」

正解なのかよ。

というより、なんでカズキは僕の名前を挙げたの？

そして、なんで先輩は僕の名前で正解にしたの？

「ヒサゴさんは一人で召喚されたけど、私達には君がいる。それだけで大きく違うのさ」

「先輩、正解として挙げられた僕が一番困惑しているのですが、説明してもらえますか？」

「む、しょうがないな。まさか君自身が分からないなんて……って、あー、ごめん！　ちゃんと説明するからデコピンしようとしないでぇ！」

無言で指を構えた僕に、先輩は余裕を崩しながら後ずさる。

「ウサト君の存在は、君自身が思っている以上に大きいんだよ？　少なくとも、私とカズキ君にとってはね」

「……」

「この世界に召喚されてからの日々もそう。私達のために頑張っている君がいたから、私達も自分のやるべきことを見失わずに行動することができた」

そのときの僕は、ただ足手まといになりたくない一心でローズのしごきについていっただけだ。

でも、僕のそんな姿が二人を助けることになったのなら、それはいいことなのだろう。

今になって聞かされると気恥ずかしい話ではあるけども。

「それに、君がいたから私とカズキ君は死なずに済んでいる」

「……黒騎士のときですか？」

「ああ。君という存在が、私達の運命を変えてくれた」

確かに、あの場に僕が駆けつけなければ先輩とカズキは確実に命を落としていた。

声も出せず呆然《ぼうぜん》としている僕に、彼女は笑みを浮かべる。

「ウサト君。君は勇者という使命に囚《とら》われていないからこそ、誰の思惑にも縛られない立ち位置で行動し続けられた。誰にとっても予想外な動きをするし、誰にも曲げられない強い意思を持っているからこそ、私達の運命に大きな変化を与えてくれている」

「先輩、買いかぶりすぎじゃ——」

「いや、少なくとも私はそう思っているよ」

勇者じゃないからこそ、できること。

今までそんなこと、考えたこともなかったな。

ただがむしゃらに突き進んで、自分にできることをしてきたその先に、今の僕がいる。

そしてそれは、多分これからも変わることはないだろう。

「まあ、今までの話を抜きにしても、私はウサト君がいるだけで楽しいけどねっ！」

「台無しですよ……」

そういうところも先輩らしいけども。

そのとき、ヒサゴさんのいる方から轟音が響く。

どうやら、彼が大きな技を使っているようだ。

「いつになったら、この幻から抜け出せるんでしょうね」

僕がそう呟くと、先輩とカズキが頷きを返す。

「単純に幻を見終えたらってのが一番ありえそうだけど……」

「外がどうなっているか分からないのが、一番まずいですね」

幻の中では時間の流れがあやふやだから、もしかしたらそれほど時間が経《た》っていないのかもしれないけど、無防備な状態で魔王に捕まっていたりしたら最悪だ。

「さっき、頭を思い切り殴りつけて無理やり目覚めようとしても無理でしたから、力技ではどうしようもないみたいですね」

「えぇ？　私達が見てない間に何やっていたの……？」

いや、目の前でやったら心配されるのは分かりきっているので。

「……おや、そろそろ次に移るみたいだね」

先輩の声に顔を上げると、戦いに明け暮れるヒサゴさんの姿と周囲の空間が歪《ゆが》んでいく。

＊＊＊

現れたのは、どこか暗い雰囲気の建物の中。

地下のような場所に続く通路を歩くのは、ヒサゴさんだ。

しかし、これまで常に彼のそばにいたカンナギの姿はなく、それどころか彼の武器であるファルガ様の刀も差していない。

代わりに持っているのは、なんの変哲もなさそうな剣だった。

「今までとは、何か違うな……」

ヒサゴさんの纏っている雰囲気と周囲の異様な変化に、カズキがそう呟く。

無言のまま、通路を進んでいくヒサゴさん。

その先には一際《ひときわ》大きな空間が広がっており、その奥に置かれた玉座には一人の魔族の男が腰を下ろしていた。

その男——魔王は、ゆっくりと歩いてきたヒサゴさんを見て小さく笑みを零《こぼ》した。

『来たか、勇者よ』

『ここまで来てやったぞ。魔王』

まるで世間話をするように、二人の会話は進んでいく。

『幾度も殺し合ったが、どうやら今回ばかりは本気のようだな』

『ああ、もう終わりにする。手前《てまえ》ら魔族との戦いをな』

『私としては、もう少し楽しみたいのだがな。正直、人間共との戦いよりも貴様を相手にしている方が面白いぞ？　なにせ、貴様は強いからな』

『……』

無表情のヒサゴさんとは対照的に、先ほどから楽しげな笑みを浮かべている魔王。

彼はヒサゴさんの姿を見て、小さく首を傾げる。

『貴様の従者はどうした？　予知魔法を扱える獣人がいただろう？』

『この場に赴く前に、ナギは置いてきた。駄々をこねられちまって手を焼いたが……あいつに、この戦いを見せるのは憚《はばか》られてな』

『憚られて、か。確かに今の貴様にとって、あの獣人の小娘は足手まといでしかないだろう。だがな――』

魔王は、人差し指を彼の剣へと向ける。

『――ファルガの刀すら持っていないのはどういうつもりだ？』

魔王から強烈な威圧感が放たれるが、ヒサゴさんは眉一つ動かさず自身の腰の剣に手を添える。

『あれは、俺の力を補助するものに過ぎない。俺が俺の力を十全以上に使いこなせるようになった今、あれはもう必要ない。故に、ナギに託した』

『神竜の武具さえも、今の貴様にとっては不要ということか。本当に壊れた人間だな、貴様は』

『ほざけ』

愉快そうにそう言い放つ魔王に冷たく返したヒサゴさんは、腰の剣に手をかける。

これから戦いが始まるのかと思い身構える僕達だが、魔王は待ったをかけるように掌《てのひら》を前に出した。

『勇者よ。戦いの前にいくつか訊《き》きたいことがあるのだが、構わないだろうか？』

『……なんのつもりだ？』

『そう知らない仲ではないだろう？　殺し合う前に、もう少し言葉を交わそうではないか』

気勢が削《そ》がれたのか、ため息をつきながらも柄《つか》にかけた手を離すヒサゴさん。

そんな彼を見て、魔王が玉座に肘をつく。

『気になっていたのだが、なぜ貴様は人間共に味方するのだ？　貴様にとって、この世界の人間は関係のない赤の他人なのだろう？』

『……』

『この期に及んで命を救われたからと、ふざけたことはぬかさないだろう？　貴様が既に人間共に愛想を尽かしていることは分かっているのだからな』

『お見通しってわけか』

だが、魔王はまくしたてるように言葉を投げかける。

『それはそうだろう。貴様を召喚したヘイガル王国が滅ぼされてもなお、貴様は眉一つ動かすことがなかったのだからな』

『……滅ぼしたのは手前だろう』

『貴様は助けを求められた。そして、それを無視した。主君とやらに仕えているはずのお前がな』

ヘイガル王国は既に滅ぼされていたのか……!?

確かに、滅ぼされたのなら僕達のいる時代に存在していなかった理由も納得できる。

ヘイガル王国はヒサゴさんに酷《ひど》いことをしていたけれど、国そのものが滅ぶなんて……。

『勇者よ。元の世界に帰るつもりはあるか？』

『……なんだと？』

魔王の言葉に、ヒサゴさんは怪訝《けげん》な表情を浮かべる。

彼のそんな反応を楽しむように、魔王は掌の上に黄金色に輝く紙のようなものを出現させる。

『ヘイガル王国を滅ぼした際に手に入れたスクロールだ。これを使えば、貴様は元の世界に帰ることができるぞ？』

スクロールって、僕達が召喚された際にも使われたっていう、魔術が記された紙のことか？

『いや、俺は帰るつもりはない』

『ほう、帰りたくないと？』

『俺は死ぬはずだった人間だ。元の世界には帰る場所も、待つ人もいない』

そう言葉にしたヒサゴさんの心境を、僕は推し量ることはできない。

元の世界に帰れる可能性を迷いなく切り捨てたヒサゴさんに、魔王は愉快そうに笑った。

『ここで貴様が頷くようなつまらない人間だったのなら、別次元にでも送り込んでやろうかと思っていたが……やはり、貴様は私の期待を裏切らない』

『そんなことだろうと思ったさ』

『だが、これは紛れもない本物だぞ？　私から奪えば、本当に元の世界に帰ることができる』

『くどい、二言はない。そんなものを二度と見せるな』

不機嫌なヒサゴさんの反応を楽しみながら、魔王はその手からスクロールを消し去る。

スクロール自体は本物ということは、当時は異世界から召喚した人を元の世界に戻す術《すべ》があったということになる。

多分、今の時代では失われた技術なのだろうけれど……。

『では、貴様は何をしたい？　このまま私を殺して、人間共の英雄にでもなろうとしているのか？』

『俺にとって、もはや人間なんてどうでもいい。興味すら抱いていない』

『確かに、今の世を生きる人間共は自らの種族以外のことを考えることができない下等な種族だ。それに比べれば、我々魔族や獣人族の方が遥かにマシと思えるな』

『……お前は、なぜ人間に戦いを仕掛ける』

『戦いだ。私達は戦いのために侵略をしている。それ以外に理由はない』

魔王は、ただ戦いたいという欲望のために、人間という種族を危機に陥れている。

身勝手な動機に言葉を失ってしまうが、ヒサゴさんは怒るどころか微笑を浮かべた。

『そんな理由で、か』

『高尚なものを期待していたか？』

『いいや、その方が単純でいい』

その場に座り込んだヒサゴさんは、自身の掌を見つめながら小さく零した。

『俺は、人間の可能性を信じたい』

『ほう。先ほどは人間なんてどうでもいいと口にした貴様がか？』

『だが、それは今じゃない』

そう言い切った彼の言葉には、僅《わず》かに感情が込められているように思えた。

彼の宣言とも言える言葉に、魔王は関心を示すように笑みを作る。

『今は混迷の時代だ。俺の生きた元の世と同じように、戦により血が流れている。人々の心は蝕《むしば》まれ、荒《すさ》んでしまっている』

『ふむ』

『そのような時代で、俺は彼らを守るべきか、守るべき価値があるのか分からなくなっていた』

『お優しいことだな。さっさと切り捨てればいいものを』

吐きつけるようにそう口にする魔王。

それを気にする様子もなく、ヒサゴさんは続ける。

『カンナギが見た夢……。人間、魔族、獣人、魔物が手を取り合う未来を彼女は見た』

『そのような妄言を信じたのか？』

『信じる？　違うな、縋《すが》ったんだ』

ヒサゴさんは自嘲《じちょう》するような笑みを浮かべる。

『彼女が見た未来がいつか現実となるのなら、人間も捨てたものじゃないと思えたんだ』

『……正気か、貴様』

魔王は、ヒサゴさんの言葉に怪訝な表情を浮かべている。

『今がどれだけ悍《おぞ》ましく、醜く、救いようのない人々であっても、カンナギの見た未来は違う。これから先、遥か未来の人間に価値があるのなら……俺は、それに賭けてみよう』

そう言って立ち上がった彼は、腰に装備された剣を引き抜いた。

なんの装飾もない無骨な剣の切っ先を魔王へと向けた彼は、自身の身体からいくつもの光の球体を出現させる。

『試すべき未来は先にある。俺は、ここに最後の楔《くさび》を打つ』

『クク、クハハ！　なるほど、そうか。そのために貴様はこの場に来たのか！　先も知れぬ未来のために自身を犠牲にしようというのか!!　これほどの道化とはな!!』

これ以上ないほど楽しげな笑いを上げた魔王が、玉座から立ち上がる。

『いいだろう！　壊れたなりに出したその思惑を実行に移すことができるか否《いな》か、今ここで試してみろ！　我が友よ!!』

『お前と友になった覚えは……ない！』

両手で剣を握りしめたヒサゴさんが、魔王へと斬りかかる。

それに対して、魔王は片手に魔術を浮かべる。

そのまま激突する二人から放たれた衝撃波が、周囲の壁に大きなヒビを入れる。

「い、いろいろ会話のことも気になりますけど、戦いが始まっちゃいましたよ!?」

「ま、幻だから私達に実害はないんだろうけど、すごい迫力だね……！」

始まった最終決戦に、僕だけではなく先輩とカズキも慌てる。

そんな僕達をよそに、幻で作られた二人は互いに力を拮抗《きっこう》させながら戦闘を繰り広げる。

『ここは、狭いな』

『ッ！』

『もう少し戦いやすくしよう』

そう言った魔王の掌に浮かんでいるのは、四つの魔術。

文様、形、何もかもがバラバラなそれを同時にヒサゴさんへと叩きつけ、彼ごと天井へと打ち上げた。

轟音と共に天井へ叩きつけられてもなお、ヒサゴさんの身体の勢いは止《とど》まることはなく、その衝撃のあまりに天井が崩壊して大量の瓦礫《がれき》が落ちてくる。

あっという間に天井が全て破壊しつくされ、頭上から月明かりが差し込む。

ヒサゴさんはどうなった!?

まさか、さっきの一撃でやられてしまったのか!?

空へと打ち上げられた彼を見上げると、

『〝解〟』

ヒサゴさんの声が上から響いた。

その瞬間、月の明かりの差す頭上に、突如として巨大な何かが現れる。

それは、空を埋め尽くすほどの土の塊——否《いな》、山そのものであった。

信じられないほど巨大な質量を持って現れたそれは、魔王目がけて真っすぐに落ちていく。

『地形そのものを魔法に封じることができたのか！　面白い！』

両腕に魔術を纏わせた魔王が、宙へ浮きながら空へと向かっていく。

その次の瞬間には、眩《まばゆ》い輝きと共に頭上の山が砕け散った。

『魔王ォォ！』

『クハハ、やはり貴様との戦いはいい！』

いくつもの光の球を纏いながら、剣を振るう勇者。

数えきれないほどの魔術を並行して発動させながら、周囲を破壊しつくす魔王。

どちらも、紛れもない怪物だ。

あまりにも現実離れした、神話と言われても信じてしまうほどの戦いを前に、僕は唖然《あぜん》とするしかなかった。

「なんだ、これ……」

「でたらめすぎだろ……」

思わずカズキと共にそう呟いてしまうが、未《いま》だかつてこんな戦いは見たことがない。

だが、驚愕《きょうがく》すると共に、僕の中には別の感情が思い浮かんだ。

それは、現実の魔王に対しての懸念であった。

僕達が戦っていた魔王はあんな好戦的じゃなかったし、なにより扱ってる魔術も目の前の光景より幾分か大人しかったはずだ。

「……もしかして僕達は、手加減されていた？」

今の攻防を見る限り、そうとしか思えない。

だとしたら絶望的だ。

その場にいる全ての人達の力を合わせたとしても、とても魔王には勝てないだろう。

「ウサト君、その可能性は私も考えたけど、それだと今まで魔王軍に人間と戦わせていた理由が分からないんだ」

「先輩……？」

僕の呟きに反応したのは先輩だった。

彼女は空から降ってくる山の塊を破壊する魔王を凝視しながら、口を開いた。

「魔王はどうして、魔王軍を退避させてから出てきたのか？　この時代の彼が言ったように、戦うこと自体が目的なら、最初から彼が出張って私達を滅ぼせばいい話だ」

「……確かに」

よく考えれば、魔王が自分から出てくるタイミングなんていくらでもあったはずだ。

過去の魔王の性格を見る限り、戦いで疲れたところに現れて、その上で手加減したまま倒そうとするなんてらしくないとすら思ってしまう。

「ウサト君、カズキ君。これはあくまで私の推測だ。話半分に聞いてほしい」

「「……はい」」

僕とカズキが返事をすると、彼女は意を決したように口を開いた。

「もしかしたら、私達が戦っていた魔王は弱っているのかもしれない」

「弱っている、ですか？」

「ああ。ただ遊ばれていただけかもしれないけど、そこに賭ける価値はあると思う」

「でも、今のままじゃどちらにせよ勝てませんよ」

そうだ。

僕達が今ここにいるのは、魔王に不意を打たれて魔術にかかってしまったからだ。

彼の多彩な魔術により防戦一方を強いられたわけだし、無策で突っ込んでも勝算はないだろう。

「だからこそ、私達が力を合わせる必要があるんだ」

「力を……？」

「合わせる……？」

先輩は、僕とカズキを交互に見る。

い、いきなり熱血な感じになったな。

「さっきの戦いは、チームワークも何もなかった。ただ攻撃して防いでいただけ。正直、一番私が乱していた疑惑があるけれど……今はちゃんと自覚したから大丈夫」

「俺も、一緒に戦っているウサト達のことばかり気遣って、うまく自分の魔法を扱えていなかったと思う」

「あと、魔王が突然出てきたから、びっくりして冷静じゃなかった。いきなりラスボスが出てきたら、誰だってコントローラー投げるし」

「先輩……まあ、言いたいことは分かりますが」

先輩の言葉にちょっとだけ共感しつつ、僕も魔王と戦ったときの反省点を思い浮かべる。

僕も魔術に面食らって、攻撃をまともに食らってばっかりだったな。

重力《じゅうりき》の呪術にさえかからなければ、もっと先輩のサポートができたかもしれなかったのに……。

自然と各々の反省点を口にした僕達は、改めて互いを見る。

「外の状況がどうなっているかは分からないけど、ある意味チャンスだ。私達三人でできるコンビネーションや作戦を、今のうちに立てておこう」

「今の状況を逆手に取るってことですね」

「そういうこと」

魔王という不可思議な存在。

現在と過去の異なる強さ。

その力は隠しているものなのか、あるいは弱体化したものなのか、まだ確証はない。

だけど、それでも僕達は諦めない。

三人それぞれの力で叶《かな》わないなら、三人の力を合わせるまで。

勇者と魔王が戦う衝撃と轟音が響く幻の中、僕達は打倒魔王に向けて作戦を立て始めた。

第十話　目覚めろウサト！　覚醒のとき!!　の巻

魔王。

見た目は少しばかり図体《ずうたい》のデカい魔族と変わらないが、その力は強力で、魔術という特殊な技を駆使する厄介な敵だ。

ウサトと二人の勇者が捕まったとフェルムから聞いたときは頭が痛くなったが、今相対している限り、彼らが捕まってもしょうがないと思えるくらいには強敵だった。

「……速いな」

「テメエが遅《おせ》ぇんだよ」

魔王の掌《てのひら》から放たれた炎を、地面に足を叩《たた》きつけて盛り上げた土塊《つちくれ》で防ぐ。

「この時代の治癒魔法使いは、おかしなものだな」

「ああ？」

「私が封印される以前の時代には、自ら戦場に繰り出す治癒魔法使いは存在しなかった。なにゆえ貴様のような治癒魔法使いが現れたのかは分からないが、驚嘆に値するな」

奴がこちらに掌を向けてくると同時に横に跳ぶと、私が先ほどまでいた場所の地面が何かで押し潰《つぶ》されたように凹《へこ》む。

やはり重力に関係する魔術か。

厄介だが、食らわなければ問題ねぇな。

「さて、どうやって奴からウサト達を解放させるか……」

魔王は泡のような魔力の中にウサト、カズキ、スズネを閉じ込めている。

三人の目は虚《うつ》ろで、生きてはいるが意識は完全に失っているようだ。

「とりあえず、ぶん殴るか」

起こすにはこれが一番手っ取り早いだろ。

問題は、それができるかだが……。

ネロとの戦いで左肩に受けた傷は応急処置こそしたが、呪いにより治癒魔法がかからないためまともに動かせない状態にある。

「どこを見ている」

魔王が広範囲に及ぶ電撃系の魔術を放つ。

私へと迫る雷を右手で叩き落としながら、魔王への接近を試みる。

「オラァ！」

「甘い。〝転移の呪術〟」

背後に作り出した白い渦に、ウサト達ごと入り込む魔王。

すぐさま気配のした方向へと振り向き回し蹴りを放つも、それは奴が放った電撃を吹き飛ばしただけで効果はない。

私のいる場からそう遠くない場所に降り立った奴は、驚きを顔に張りつける。

「貴様ほどの人間を殺すのは無理そうだな」

「おいおい、敗北宣言か？」

私の挑発に対して、魔王はすました顔のまま掌に魔力を集める。

「いいや、やり方を変えるまでだ」

そう言って奴が両手に発動させたのは、二つの魔術。

一つは私にも見覚えのある拘束の呪術だが、もう一方は見覚えがない。

奴の掌から、いくつにも枝分かれした黒色の鎖が現れる。

「拘束の呪術と、縛鎖《ばくさ》の呪術。この二つの魔術で貴様を止めてやろう」

「ハッ、やってみろよ。止められるもんならよ！」

私の挑発に合わせ、呪術の文様を纏《まと》った黒色の鎖が迫る。

それは私を囲うように展開され追尾してくるが、大した速さではない。

「撃雷の呪術」

だが、それと同時に他の魔術まで並行して飛んでくるってんなら、少しばかり厄介だ。

鎖と雷を避《よ》けながら、あえて鎖に掠《かす》らせるように動かない左腕を触れさせる。

すると、触れると同時に左腕全体が一瞬にしてその鎖で巻かれ、拘束の呪術によって動きを止められてしまった。

「なるほどな……」

右手の手刀で左腕の鎖を破壊しながら、束縛の呪術がどのような力なのかを把握する。

縛鎖の呪術っつーのは、そのまんま鎖のように相手に絡みつく性質を持つ魔術ってことか。

その強度は、込める魔力により増していくと見た。動きそのものを止める拘束の呪術と合わされば脅威だな。

この私でも、一時は動けなくなるかもしれねえ。

「だが、やはり万全じゃねえな」

「……なぜそう思う」

「んなもん、見れば分かる。見た目は取り繕っているようだが、中身は相当ガタがきてるだろ」

治癒魔法使いとして戦場を走り続け、人の死に触れ続けると、なんとなく分かるようになる。

こいつは、間違いなく弱っている。

それも現在進行中で、だ。

「治癒魔法使いゆえの目と直感か。つくづく、人間というのは侮りがたい生き物だな」

絶え間なく魔術を放ちながらも、奴は何を思い出したのか笑ってみせる。

「貴様の弟子にも驚かされたぞ」

「当然だな。あいつは、いつだってこの私の想像を超える男だ」

「確かに、それには同意してやろう」

「上から目線か、気に入らねぇな」

魔術の鎖が迫ると同時に、足元の手ごろな石を二つほど拾って魔王へと投げつける。

礫《つぶて》を察知した魔王がすぐさま魔術の障壁で防ぐが、礫はその障壁を砕き割る。

「礫など児戯に等しいと言いたいが、ここまでくれば一種の技だな」

礫に気を取られた瞬間を狙って接近し、そのまま首を刈り取ろうと蹴りを繰り出すも、ネロが纏っていたような風の鎧を蹴り砕くだけで本体には届かない。

「チッ、あの野郎と同じ防御方法か」

「そして、その動きも私の知る人間とは明らかにかけ離れている」

背後から飛び出してくる鎖を、上半身を反らして避ける。

そろそろ鬱陶《うっとう》しくなってきたな。

このまま戦い続けてもいいが、しびれを切らした魔王が周りの兵士達を狙うと色々と面倒だ。

なら、さっさとウサトのやつを起こして事態を進めるべきか。

そのためには、少しばかり無茶をすることになるが……。

「ま、考えるまでもねぇか……！」

そのまま方向転換し魔王の元へと突撃をかます。

突然の行動に面食らう魔王だが、それでも冷静に鎖をこちらへ向かわせる。

「しゃらくせぇ！」

それらを右腕で砕き、無理やり押し進んでいく。

次第に身体に鎖と拘束の呪術がかけられていくが、それすらも無視して魔王の元へ駆ける。

「ッ！」

「早まったな、治癒魔法使い」

魔王に右腕が届くその瞬間、周囲に浮かぶ魔術から伸ばされた鎖が私の体に巻きつき、動きを封じられる。

完全に身動きが封じられたところで、魔王は憐憫《れんびん》の眼差しを私へと向けた。

「力押しとはな。両腕が健在ならまだしも、片腕では――」

「この程度で……」

「む？」

「この程度で、私を止められると思うんじゃねぇぞ！」

「なにッ!?」

渾身《こんしん》の力で、一瞬だけ身体の一部の鎖と拘束の呪術を砕く。

「随分となめられたものだなァ、おい！」

そのまま腕を伸ばした私は、大きく振るった右腕を魔王へと叩きつける。

「ッ……！　だが！」

拳を魔術で防いだ奴が掌をこちらへと向けると、頭上から魔術による重圧が降りかかってくる。

だが、思っていたよりは重くはねぇな。

鎖が巻きついたまま身体を無理やり動かし、バカ面《づら》を晒《さら》して眠っている弟子の襟を掴《つか》み取り、泡の中から引きずり出す。

それに伴い、泡が弾《はじ》けて勇者の二人も地面へと落ちる。

「よぉ、ウサトォ」

襟を掴み取ったまま、目を瞑《つむ》っているウサトに顔を近づける。

本来ならぶん殴りたいところだが、今は片腕が使えないので――、

「起きろ、このウスノロが！」

渾身の頭突きで手を打ってやる。

「そら、もう一発！」

ガツンという音と共に額から血を噴き出したウサトは、痛みに悶《もだ》えながらその目を見開いた。

「い、いってぇぇぇ！　何すんですか団長!!」

「おう、目が覚めたか」

このあとは、お前達に任せることになりそうだ。

魔王は一人で立ち向かうべき相手じゃない。

一度でも捕まれば、今の私のように動きを封じられてそのまま追い込まれるからだ。

だからこそ、お前が……お前達が互いに協力し合って戦うべきだ。

生憎《あいにく》、私にはそんなやつはいないが、お前にはいるはずだからな。

＊＊＊

ヒサゴさんと魔王の戦いを眼前に、対魔王戦のための作戦を立てていた僕達。

幻がいつ終わるかも分からないまま、それでも必要だと信じて話を進めていた最中、目の前にいる先輩とカズキが僕の顔を見て顔を青ざめさせた。

「え、どうしたの？」

「ウ、ウサト!? 頭から血が出てるぞ!?」

「い、いきなり血みどろに!? 大丈夫なの、ウサト君!?」

「はい？」

そのとき、僕の頭に覚えのある衝撃が走る。

「ぬぐは!?」

ガツンという、頭蓋《ずがい》のみならず脳すらも震える衝撃。

それにより、視界全てが砕け散るような感覚と共に目の前の光景が掻《か》き消える。

額に何かが滴っていく感覚に思わず目を開けると、僕の目と鼻の先には、とても良い笑顔でこちらを睨《にら》みつける我が師匠、ローズの顔があった。

そして、遅れてくる痛みにさすがの僕も悶える。

「い、いってぇぇぇ！ 何すんですか団長!!」

「おう、目が覚めたか」

え、え!?

もしかしてまだ幻覚の中にいるのか!?

先代勇者のヒサゴさんにとっての悪夢があれなら、僕にとっての悪夢がローズ!?

いや、それは間違いなくそうだけど、なぜこのタイミングで——。

「少しは落ち着け、このバカが」

「痛い！」

こ、この理不尽攻撃……。

間違いなく本物のローズだ！

額を治癒魔法で癒やしながら周りを見ると、魔族の兵士達と連合軍の戦士達が戦いを始めていた。

そして僕達からそう遠くない距離には、こちらを窺《うかが》う魔王の姿がある。

「だ、団長が助けてくれたんですね……」

「おう、だが私もこの有様だがな」

そう言ったローズの体には大量の鎖と拘束の呪術が纏わりついており、さらに重力《じゅうりき》の呪術も食らったのか、彼女のいる場所だけ地面が凹んでいた。

こ、これだけの魔術を食らってローズは大丈夫なのだろうか？

僕の襟から手を離して地面に膝をついたローズに、恐る恐る声をかける。

「だ、大丈夫ですか？」

「私は問題ねぇよ。それより勇者は大丈夫か？」

「ハッ、そうでした！」

背後の先輩とカズキへと目を向ける。

僕と同じく幻が解けたのか、二人は頭を押さえながら起き上がっていた。

「ま、幻が解けたのか……？」

「頭がくらくらするけど、どこも怪我はしてないみたいですね……」

それにしても、とてつもない力技で起こされたな……。

「もう少し眠っていてもらうはずだったのだがな」

何もせずに僕達を窺っていた魔王が、そんなことを口にした。

過去の魔王と姿形は同じだが、改めて見比べてみると、やはり幾分か威圧感が欠けているようにも思える。

「どうだ、いい夢だっただろう？」

「ああ。人間の身勝手さにうんざりさせられるくらい、最悪の夢だったよ」

立ち上がりながらそう口にした先輩に、魔王が口の端を歪《ゆが》める。

カズキも同様に立ち上がると、周囲で戦っている連合軍の人々が声を上げる。

『勇者様が目覚めたぞ！』

『まだ戦いは終わってない！』

『希望を捨てるなぁ！』

彼らの強い意思が込められた雄叫《おたけ》びを聞いて、なぜ幻に囚《とら》われていた間の無防備な僕達が無事なのか分かった。

彼らは、僕達を守るために戦ってくれていたのだ。

それを理解して、言葉にならない力が僕の体を立ち上がらせてくれる。

「ウサトォー！」

「ウサト！」

「ん？」

背後から聞こえたフェルムとネアの声に振り向こうとすると、僕の背中に衝撃が走る。

背中に飛びついてきたフェルムが僕の身体に同化し、遅れてやってきたネアが肩に止まる。

「ようやく目覚めたわねっ、このおバカ！」

『お前がいない間、あのバカ軍団長の相手をして大変だったんだぞ！』

「え、えーっと、ごめんね？　とにかく君達が無事でよかったよ」

そうだ、レオナさんは？

彼女の姿を捜すと、ここからそう遠くない場所で槍《やり》を大きく振るっている彼女の姿を見つける。

彼女が戦っているのは……アーミラとコーガか!?

『そこをどけぇ！　槍使い！』

『先ほどとは逆だな！　お前達二人とも、彼らの元へは行かせん！』

コーガとアーミラの足止めをしてくれているようだ。

僕達が幻に囚われてしまったせいで、彼女にも大分迷惑をかけちゃったな。

「よし、ネア。早速で悪いけど、団長にかかった魔術を解除してくれ」

「分かったわ」

ぴょんと僕の肩からローズの肩へと飛び移ったネアが、解放の呪術を発動させる。

数秒ほどすると、ローズにかけられていた魔術の一つが砕かれる。

「重力の呪術は解除できたわ。でも、この鎖を解くには少し手間がかかるかもしれないわ」

「そうか……」

そもそも、この人はもう戦える状態ではないだろう。

ネロとの戦いで大怪我をしているし、なによりその後で魔王と戦っている。

本人はなんともないように見せているけど、無理をしているのは丸分かりだ。

「……よし」

まだ戦いが続いているのなら、戦場にはあいつらがいるな。

ゆっくりと周囲を見回して、視界をよぎった黒い影に向かって叫ぶ。

「トング！　来い!!」

「あぁ!?」

不機嫌そうな返事が聞こえると共に、黒服の一人、トングが砂煙を上げながら現れる。

トングはトレードマークのスキンヘッドを掻きながら、嫌そうな顔で僕に声をかけてくる。

「なんだよ、副団長。こちとら忙しいんだぞ」

「団長を安全な場所に連れていってくれ」

僕の言葉に、ローズが目を吊《つ》り上げる。

「おい、私は一人でも問題ないぞ」

この人のことだから、部下の手を煩わせることに我慢ならないのだろうけど、それでも我慢してもらうしかない。

「いいえ、かなり無理してるでしょう。その怪我でなんで意識を保っていられるのか分かりませんが、そろそろ休まなきゃ死にます」

「……」

「僕は貴女《あなた》にだけは死んでほしくありません」

「……はぁ。頑固なところも私に似ちまったか。分かったよ。トング、頼むぞ」

「へ、へい」

ローズに肩を貸したトングは、そのまま彼女を立ち上がらせる。

「無茶して死にやがったら、承知しねぇからな？」

「分かってます。ちゃんと生きて帰るつもりですよ。貴女にぶっ殺されたくありませんし」

「ハッ、分かってんならいい。オラ、行くぞトング」

「姉御、本当に死にかけなんですかね？」

そのままトングの肩を借りてその場を後にするローズ。

彼女を見送った僕は深呼吸をし、魔王へと向き直る。

どうやら、ローズが去るまで待ってくれていたようだ。

余裕の表れかどうかは分からないけど、こちらとしてはありがたい。

「魔王、なぜ俺達に過去の勇者の記憶を見せた」

剣を鞘《さや》から引き抜きながら、カズキが魔王へ問いかける。

「強いて言うなら、興味本位だな」

「……興味本位だって？」

「先代勇者と同じ異世界人である貴様達が、過去の勇者をどのように見るのか。それが気になっただけだ」

嘘《うそ》は言っていないのだろう。

実際、僕達は魔王に幻を見せられなければ、先代勇者の受けた仕打ちや過去の人間達の所業を理解しきれていなかったはずだ。

「……関係ない」

「む？」

「そんなもの、私達には関係ない。私達が返すのは、この一言だけさ」

「……」

「確かに、先代勇者の辿《たど》った道のりは不幸だろうね。その末に人間を見限るのもしょうがないと思っている」

過去の人間達が勇者にした仕打ちは、酷《ひど》いものだった。

それこそ目を背けたくなるほどに。

でも、先輩とカズキの二人と、ヒサゴさんの置かれている状況は何もかもが違う。

「私達が生きているのは過去じゃなく、今だ。私達は先代勇者とは違う。未来ではなく、今を生きる人々を守るために戦っているんだ」

刀の柄《つか》に手をかけながらそう言い切った先輩。

先輩の言う通りだ。

二人は勇者として、僕は救命団として今を生きる人達のために動いている。

人を救う〝価値〟を探していたヒサゴさんとは違う。

「なるほど、今を生きる者としてか。それもまた一つの答えだろう」

魔王は周囲に魔術を浮かべ始める。

そのうちの一つを掌にのせた彼は、口の端を歪める。

「ならば、行動で示してみろ。奴のように、この私を倒せるものならな」

「言われなくても！　カズキ君、ウサト君、これが正真正銘の最後の戦いだ！」

臨戦態勢に入った先輩が、魔王に視線を固定したまま僕達へ声をかけてくる。

彼女の声に応えるように、僕達も拳と剣を構える。

「ええ、さっきのようにはいきません！」

「先輩、カズキ！　全力でいきましょう！」

「いくわよ！」

『もうボクは恐れない！』

これが最後の戦いだ。

今度はバラバラではなく、チームとして一つになって戦う！

第十一話　力を重ねろ！　渾身の一撃!!　の巻

電撃を全身に纏《まと》った先輩と、剣を光の魔力で覆ったカズキが、魔王へと駆け出す。

「行くよ、カズキ君！」

「はい！」

足の速い先輩が魔王の元へ到達すると共に、カズキが複数の魔力弾を放ち、魔王の周囲に浮かぶ魔法陣を破壊していく。

「ハァア！」

「食らえ！」

刀による高速の斬撃と、光魔法による威力重視の魔力弾。

それらを魔術で防いだ魔王は僅《わず》かに眉を歪《ゆが》めるが、それでもなお二人の攻撃は魔王には届かない。

「いけっ！」

光魔法に包まれた剣を叩《たた》きつけながら、カズキは魔王の周囲で魔力弾を操り襲いかかるように射出させる。

「火炎の呪術」

しかしそれらは、全方位に放たれた火炎により全てかき消される。

迫る火炎を切り裂きながら跳躍と共に上段から刀を叩きつけた先輩の攻撃も、魔術の障壁で防がれてしまう。

魔王は、呆れた声を漏らした。

「これでは先ほどと変わらないぞ？」

「それはどうかな……！　今だよ、ウサト君！」

「はいッ！」

合図を待っていた僕が、治癒魔法破裂掌で火炎を吹き飛ばしながら飛び出す。

「っ！」

「油断したな！」

無防備な魔王の身体へ、黒い魔力で覆った拳を叩きつける。

当然の如く風の鎧で防がれるけど、その魔術は既にネアが見ている！

彼女の解放の呪術により、風の鎧が強制的に解呪される。

「いきなさい！　ウサト！」

「よし！　治癒加速拳!!」

肘から魔力を暴発させ、加速と共に繰り出した拳が魔王の腹部へと叩きつけられる。

初めて入るまともな攻撃に魔王は後ずさりながらも、魔術を発動する。

「……ッ、ハハッ、よもや治癒魔法使いに殴られるとはな！　魔転の呪術！」

「なっ!?」

僕達の頭上を覆うように現れたのは、数十に及ぶ魔術の文様。

それらは、連合軍に降り注いだ火球と同じものだ。

また火球が降ってくるのか!?

「撃雷の呪術！」

いや、違う！

空に浮かんだ魔術から電撃が走り、そのまま雷のように地上へと落ちてきているんだ！

「う、ウサト、雷が降ってくるわよ!?」

「見れば分かるよ！」

ここに来て、広範囲攻撃か！

頭上から降り注いでくる雷を先輩は刀で斬り裂き、カズキは光魔法で防ぎながら魔王へ向かっていく。

僕もジグザグに地面を走りながら雷を避《よ》け、先輩とカズキをサポートする。

「治癒飛拳！」

「また奇怪な技を……」

奇怪呼ばわりされた上に、あっさりと障壁で防がれる。

だけど、その間に先輩が空高く跳躍し、魔法陣から降り注ぐ電撃を自ら受け止め……って、
えぇぇぇ!?

「食らえ！　雷落とし!!」

自身の身体に雷を受けた先輩は、そのまま一回転するように刀を大きく振るう。

すると、刀を通してさらに威力を上乗せされた電撃が魔王へと叩きつけられる。

「……っ、やるな」

「電撃を扱う私に雷の魔術を使おうなんて、甘いね！」

自分を避雷針に見立てて、電撃を誘導したのか……？

にしても迷いなく行動に移すあたり、さすがとしか思えない。

「先輩！　避けてください！」

魔王が怯《ひる》んだところで、先輩に警告をしたカズキが左腕から光の魔力を解放させる。

彼の左腕から放たれたのは、光の奔流。

光の魔力は光線となって真っすぐ魔王へと突き進み、そのまま彼を呑み込んでしまう。

やったか、と一瞬思ったが、光の中から魔術によって守られた魔王が現れる。

「危ういところだったぞ」

「仕留めきれなかったか……！」

左腕の籠手《こて》から煙を放出させながら、悔しそうな表情を浮かべるカズキ。

しかし、あの魔王を一時とはいえ追い詰めたことは事実だ。

「ウサトも相当化け物じみてるけど、スズネも相当よね」

『なんで雷を受けて平気なんだ、あいつ……』

それは先輩だからとしか言いようがない。

頭上の文様を消し去った魔王は、楽しげな笑みを浮かべながら魔力を纏い始める。

「なるほど、先ほどより厄介だな。ならば、私も本腰を上げていこうか」

……やっぱり、今までは本気じゃなかったのか。

魔王からの圧が増したことを感じ取りながら、左腕を剣の形に変形させる。

まずはカズキの元へ移動し、彼の身体に治癒魔法をかける。

「カズキ、左腕は大丈夫？」

「ああ。さっきので倒せればよかったんだけど……さすがに連続して放つことはできないみたいだ」

「深追いは禁物だよ」

さて、そろそろ魔王が動き出すぞ。

ふわりと浮き上がった魔王を前に、警戒する。

「少しばかり大人げない手を使うぞ。複合魔術、加速・遅速の呪術」

魔王がなんらかの魔術を使うと、彼を中心に生暖かい風のような何かが僕達の身体を包み込む。

何か来る……！

そう認識した僕とカズキが身構える前に、先ほどからは考えられない速さで移動した魔王が、僕の胴体に手を添えていた。

「撃雷の呪術」

「ッ！」

咄嗟《とっさ》に反応した僕は、肩のネアを引きはがしながら黒い魔力を全身に纏う。

次の瞬間、魔王の両手から放たれた強烈な電撃が僕の全身へと襲いかかる。

「ぐ、あああ！」

「ウサト！　このっ!!」

「遅い」

電撃を食らった僕に遅れて気付いたカズキが光の剣を振るうも、高速で移動する魔王にはかすりもしない。

痺《しび》れて思うように動かない体を治癒魔法で癒やしている間に、先輩とカズキは魔王へと挑んでいくが、凄《すさ》まじい速度で移動する魔王に翻弄《ほんろう》されるばかりだ。

「ウサト、大丈夫!?」

ネアが慌てて肩へと降り立ってくる。

見たところ、ネアは電撃を受けていないようだ。

「少し痺れたけど、傷はもう癒やした。それより、今のは……」

『とんでもない速さで移動してきたぞ……』

あと少し反応が遅れてたら、ネアはやられていたかもしれない。

「あいつは多分、時間を操っているんだと思う」

「時間？」

「自身の時間を加速する魔術と、相手の時間を遅くする魔術を組み合わせてるんじゃないかしら」

「つまり魔王が速くなって、僕達が遅くなっているってことか」

確かに大人げない技だな。

だけど、目で追えないほどの速さじゃなかったのは幸いだったな。

そのまま立ち上がろうとすると、魔王の攻撃を受けたのか、カズキと先輩が同時に僕のいる方へと退《しりぞ》かされる。

すぐさま二人に駆け寄り、治癒魔法を施す。

「今、癒やします！」

「あ、ありがとう。くっ、雷獣モードが見切られるなんてね……」

時間を操るなんて反則的な魔術を使える上に、僕達にも把握できないほどの数多くの魔術を扱ってくる。

本当に強敵だ。

「だけど、ここで諦めるわけにはいかないね！」

「ええ、ようやくあっちの本気を引き出せたんです！」

自分自身を鼓舞するようにそう口にした二人が立ち上がる。

まだ、二人の心は折れていない。

「少しばかり、気になったのだが」

僕達の前に立つ魔王が、不意にそんなことを呟《つぶや》いた。

何を言うつもりだと身構えると、彼は先輩とカズキを指さす。

「仮に貴様達が私を殺したら、その後はどうするのだ？」

「……どういう意味だ？」

「元の世界へ帰るのか？　それともこの世界に留《とど》まるのか？」

魔王の質問の意図が分からない。

困惑する僕達に、魔王は得心がいったような表情を浮かべる。

「なるほど、何も考えていなかったのだな」

「何が言いたい！」

くつくつと笑みを零《こぼ》した魔王に、苛立《いらだ》たしげな様子の先輩。

「私は本来、この時代にはいるはずのない者だ。そして貴様達も同じく、この世界の人間ではない。まさか貴様達という存在が、この世界に受け入れられると思っているのか？　だとしたら能天気すぎるな」

そこまで口にした魔王が、再び高速で動き出す。

かろうじて目で追えた先には、カズキの左側方を移動する魔王の姿。

彼が魔術を使う前に、先輩と僕が電撃と治癒飛拳を放つ。

「私という脅威がなくなった後、人間共は貴様達『勇者』の存在を持て余すことになるだろう」

しかし、それらは魔王の動きを前に空を切る。

移動の最中に放たれた火炎が、地面を焼き焦がしながら迫る。

「貴様達の存在意義は、私の死と共に消える」

それらを三人で防いだところに、火炎で生じた煙の中から鎖の形をした魔術が放たれる。

「お前達は、どこまでいってもこの世界の異物でしかない」

「「「……！」」」

「この世に、私やお前達の存在は不要なのだ。それが理解できないわけではないだろう？」

その魔王の言葉は、明らかに僕達の心に動揺を与えていた。

確かに、勇者としての使命も、救命団の存在意義も、魔王を倒したら失われるだろう。

そうしたら、僕達は――、

「さっきから黙って聞いてれば、ぐだぐだとうるっさいわねぇ！」

「ネア……？」

ネアが魔王にキレた。

翼を必死に動かして怒りを表した彼女は、声を震わせながら魔王へと叫ぶ。

「私にとって、今ここにいるウサトはウサトなのよ！　異物かどうかなんて、関係ないわ！」

『ネアの言う通りだ！　ボク達にとって、ウサトはウサトだ！　お前を倒しても、それはずっと変わりはしない！』

フェルムとネアの怒りの声で一気に平静へと引き戻された僕は、迫りくる鎖の魔術を籠手で弾《はじ》き返す。

「魔王ッ！」

カズキが魔王に斬りかかる。

その攻撃を避けることなく魔術で受け止めた彼は、怒りの形相を浮かべているカズキに嘲笑《ちょうしょう》を向ける。

「光の勇者よ、貴様はどうなのだ？　奴の過去を見ただろう？」

「……ッ！」

「人の心は変わるものだ。いずれ、貴様という強すぎる力を持った者を恐れる者が出てくるだろう。それは民衆かもしれないし、身近で最も信頼する者かもしれない。そのとき、裏切られてから貴様は後悔するのか？」

カズキの手に力が込められる。

魔王の言葉は、彼の周囲の人々を貶《おとし》めるものだ。

怒りに支配されかけているカズキに、先輩が慌てた声を漏らす。

「カズキ君、話を聞くな！」

「系統強――」

魔王の眼前に籠手を構え、系統強化を行おうとしたカズキ。

その瞬間、時間を操作し一気に加速した魔王は、カズキの籠手を掴《つか》んで上方に放り投げ、身動きのできない空中へ向けて火炎を放った。

「させるか！」

僕は足の裏から魔力を暴発させ、一気に跳躍する。

耐性の呪術と黒い魔力でカズキを火炎から守った僕は、そのまま地面へと着地する。

「カズキ、大丈夫か!?」

「ごめん、ウサト……」

魔王の言葉に惑わされたカズキは、自分の親しい人達に裏切られる姿を想像してしまったのかもしれない。

人は変わる生き物……確かに魔王の言う通りだろう。

もしかしたら、何かの拍子で僕達もヒサゴさんのように親しい人間に裏切られることがあるのかもしれない。

「前を見るんだ。カズキ」

「ウサト……」

「僕達は今、どうして戦っているか。その理由を思い出してみろ」

僕の言葉に彼は、魔王へと目を向ける。

あの夜、最初の戦いの前に僕に吐露したように戦いを恐れていた彼が、この場で肩を並べて戦っている理由。

それは、今も変わっていないはずだ。

「僕達は今、自分達の大切な人達、場所のために戦っているんだ。ここまでに至る道のりに、後悔はないはずだろう」

「……ああ、そうだな、その通りだ！　俺がバカだった！　あー、ちくしょう！　一瞬でも躊躇《ちゅうちょ》しちまった自分が情けない!!」

すぐさま立ち上がったカズキは、籠手から魔力弾を浮き上がらせる。

「ウサト、俺は魔王の動きを見切ることはできない。接近戦じゃ足手まといになるから、サポートに徹する」

「分かった」

僕はカズキの魔力弾が放たれるのを確認し、高速で移動する魔王に刀を振るっている先輩の元へ向かう。

風の鎧に吹き飛ばされた先輩を、腕から魔力を伸ばして掴み取る。

「先輩っ！」

「っと、ウサト君！　やっぱり君がいてこそだね！」

「そぉい！」

そのまま、魔王の方へ先輩をぶん投げる。

回転しながら電撃を叩きつける彼女に合わせるように、僕もフェルムの魔力で巨大化させた腕を叩きつける。

僕達二人の攻撃を受けて魔王がのけ反ったところに、カズキの魔力弾が殺到する。

「ク、ハハ！　そうこなくてはな‼」

魔力弾を容易《たやす》く防いでみせる魔王。

しかし、その先に僕が放った治癒飛拳が叩き込まれる。

「あてずっぽう治癒飛拳！」

「……ッ、かつてこれほどまでに意味不明な攻撃をしてきた者はいないいな」

なんとなく逃げる先を予測しての治癒飛拳！

当たるとは思わなかったけど、結果オーライだ！

「あまり私をなめるな……人げ……ッ！」

続いて魔術を使おうとした魔王が、不意に口元を押さえて咳込《せきこ》んだ。

吐血している……？

今までの攻撃が効いていたのか!?

「ッ、ウサト君、カズキ君！　ここで決めるよ！」

「は、はい！」

いや、迷っている暇はない。

今が千載一遇のチャンスなんだ。

血を口の端から零しながらも、魔術を使い身を守ろうとする魔王。

僕は黒い魔力を伸ばし、彼の逃げる場所を狭める。

「フェルム、魔王を取り囲むように帯を！」

『ああ！』

「ネア、衝撃への耐性を！」

「ええ！」

魔王の周囲にクモの巣のように張り巡らされた黒い帯に、魔術が付与される。

それに合わせ、カズキが円盤状の魔力を魔王の周囲にばらまく。

これは攻撃用のものではなく、光魔法を無害化するカズキの籠手の特性を生かし、かつ弾力を付与させた魔力弾だ。

そして僕達が張り巡らせた黒い帯と合わせることで、一つの戦術になる！

「先輩、いけます！」

「ちょっと無茶するけど、ここが無茶の使いどころだ！」

僕の隣に移動し、刀を鞘《さや》に納めた先輩が鞘に魔力を込め始める。

その魔力は黄色から紫色の電撃へと変わり、次第に鞘から先輩の身体そのものへと帯電していく。

しかし、操りきれなかった魔力が先輩の手から溢《あふ》れ出し、その肌を傷つける。

「僕が癒やします！」

彼女の肩に置いた手から僕が治癒魔法を流すことで、即座にその傷を癒やす。

「系統強化！　行くよ！」

先輩が傷ついたそばから癒やしていく荒業だけど、今は手段を選んでいられない！

途方もない激痛に耐えながら抜刀した彼女は、魔王の動きを遥《はる》かに超える速さで向かっていく。

「はぁぁ！」

「……っ」

一撃目をかろうじて防ぐ魔王。

しかし、先輩は周囲に浮かべられた光魔法の円盤と張り巡らされた黒い帯を足場にして、三次元的な移動をしながら魔王の周囲の魔術を破壊していく。

その動きは僕の目でも追いつけず、魔王を一方的に攻撃し続ける。

「才覚なら、奴に引けを取らないな……！　この時点でこれとは……！」

「そこだ！」

「ぐっ！」

また一つ、魔王の魔術による障壁を突き破り、彼の手を切り裂く。

「だが、それも長くは続くまい！」

「いいや！　私には頼もしい治癒魔法使いがついているからね！」

「治癒魔法弾！」

とにかく先輩のいる方向に、魔力弾をぶん投げていく。

今の彼女の速さならば、カズキの設置した光魔法の足場を用いていくらでもその魔力弾を取りに行ける。

身体を治癒魔法で回復させながら、連撃を叩き込んでいく先輩。

「これで、最後ッ！」

地面に着地した彼女が刀を両手で握りしめると同時に、紫の雷を迸《ほとばし》らせる。

一際《ひときわ》大きな電撃が刀を包み込み、戦場を明るく照らす。

「雷切り！」

そのまま雷そのものとすら思える速度で振るわれた一振りは、魔王の腕を切り裂いた。

「ぐ……！」

苦痛に顔を歪める魔王。

系統強化が解けた先輩は、そのまま地面に倒れるように転がりながらカズキの方へと声を上げる。

「カズキ君、もう彼を守るものはない！　止《とど》めを！」

「はい！　系統強化〝集〟！」

カズキの左腕から、系統強化による光の奔流が放たれる。

地面に膝をつき、腕から血を流した魔王にそれが直撃したかと思いきや、彼は間一髪で防御用の魔術を発動させた。

「く、うおおおお!!」

先輩とカズキの系統強化さえ受け切った魔王。

先輩は無理な系統強化を使った反動で動けず、カズキは先ほどの光線を放ったせいでしばらくは同じ技は使えない。

だけど――、

「ウサト！」

「ウサト君！」

「いきなさい！　ウサト！」

『ぶちかませ、ウサトォ！』

まだ、僕がいる！

立ち上がる魔王の前に、拳を掲げ突き進む。

呼吸を乱している魔王と視線が合う。

今まで魔術しか使ってこなかった魔王が、その拳を振り上げる。

「オォォォ！」

全身全霊の力を込めて突き出した右拳。

もう、魔力も気力も限界だ。

今日の戦いでたくさん走って、たくさん戦った。

だけど、もうこれで最後だ。

これで、終わらせる。

「いっけぇぇ‼」

突き出した拳は、魔王の顔面を真っすぐに捉えた。

何かが壊れるような感触。

取り返しがつかないことをしてしまったような喪失感。

そんな漠然とした嫌な予感を感じながら、僕は力の限りに魔王を真正面から殴り飛ばした。

第十二話　迫られる選択　の巻

かつての勇者との最後の戦い。

それはまさしく、私が唯一本気で力を振るうことができた戦いと言えるだろう。

雲を割り、大地を割き、あらゆる破壊をもたらしたその戦いは、筆舌に尽くしがたいほどに楽しかった。

だが、始まりがあるように、永遠に続くかと思われた戦いにも終わりがやってくる。

「――魔王」

私達の戦いにより荒廃した大地。

三日三晩を超えてもなお戦い続け、何度目か分からない夜明けを瞳に映しながら、私はボロ布同然の服を纏《まと》っている勇者――ヒサゴの姿を視界に入れる。

決め手は、勇者が繰り出した剣の一撃であった。

神竜の授けた武具ですらない、ただの剣。

それが私の胸に突き刺さったことで、勝敗が決した。

「手前《てまえ》は、殺さない」

「ほう、慈悲でも与えてくれるというのか？」

「それをするはずがないのは、手前も分かっているだろう？」

「……確かにな」

私は自らの欲望のために暴虐を尽くした魔王。

そして、奴は人間を救う勇者。

私を殺さないというのならば、奴がすることはおのずと決まっている。

「やるならば、やれ」

「……ああ」

私に突き刺さった剣に手を添える勇者。

奴の魔力が剣を通じて、私に流れ込んでくる。

「系統強化〝封〟」

あらゆるものを封印・解放することを可能にする、神の領域にすら届きうる力。

それを用いれば、生物すらも封印することが可能。

だが、その封印もいずれは解けることになるだろう。

いや、今の勇者ならばあえて封印が解けるようにしていてもおかしくはない。

「貴様の思惑など、私の知ったことではない。目覚めたとき、好きにさせてもらうぞ？」

「それで構わない」

「また人間共を滅ぼそうとしてもか？」

「構わない」

「……つまらない人間だな」

呆れた私に、勇者は小さくため息を零《こぼ》した。

「俺には、先を見る資格はない」

「私にはあるとでも言うのか？　おいおい、殺し合った相手だぞ？　先ほども言ったが、貴様の封印から目覚めれば、私は好きにするつもりだ」

「手前は、未来の人間達への試練だ。腐りきった今の人間達が幾百年を経て変わっているかどうかを測るためのな。変わらなければそのまま滅びてしまえばいい。変わっていれば、お前は再び負けるだろう」

「クク、貴様の思い通りに動くつもりはないが……まあ、覚えておいてやろう」

やはり、壊れているな。

この私を殺さずに封印し、あまつさえ遠い未来で目覚めさせようとしているのだから。

私の身体を勇者の光魔法が包み込む。

徐々に硬質化していく身体に、いよいよかとゆっくり目を瞑《つむ》る。

「しかし、私は真正面からの戦いで貴様に敗北した。ならば、この運命も受け入れようじゃないか」

「……さらばだ。魔王」

「ああ、もう会うことはないだろう」

瓦礫《がれき》同然に変わり果てた根城の中。

勇者の別れの言葉を耳にしながら、私は長き眠りへと旅立つことになった。

次に目を開いたそのとき、目の前には遺跡と呼んで差し支えないほど荒廃した根城が広がっていた。

あれから幾百年も過ぎたのか、屋内は風化し、至るところが薄汚れていた。

「……封印が、解けたのか？」

体が異様に重い。

石で作られた祭壇のような場所から起き上がった私は頭を押さえながら、自身の体を確かめる。

手足に異常はない。

しかし、私の体の中で何か大きなものがいくつか欠けてしまっている。

「ふむ、魔術も魔力も七割近くが使えなくなっているな……奴の仕業か」

封印する際に仕込んだな。

それでも問題はないが、やや不自由なことには変わりない。

自分の体がまるで自分のものではないような不思議な感覚に陥っていると、何者かが近づいてくる気配を感じ取る。

「お目覚めになられましたか」

現れたのは、初老の魔族であった。

彼は背後に連れていた配下の魔族を下がらせると、私の前に膝をつき頭《こうべ》を垂れた。

「貴様は？」

「私はギレッドと申します。御身を魔王様とお見受けします」

「……ああ、そうだ。私が封印されてから、どれだけの月日が流れた？」

返ってきた答えは、予想通りのものであった。

あれから数百年もの間、私は封印され続けていたようだ。

自身だけが時代に置いていかれた感覚に苛《さいな》まれながら、目の前の男に今の状況を尋ねてみることにした。

「今、魔族はどうなっている？」

「魔王様が勇者に封印された後に、人間と魔族の戦いは終結へ向かいました。その後、徐々に環境の変化が起こり、魔族の住む地は荒れ果て、今や魔族は存亡の危機に陥っております」

「環境の変化とは？」

「大地が死にかけ、作物はおろか草木すら育たなくなっております」

……戦争の影響による汚染か？

見てみないことには分からないが、魔族は相当追い詰められているようだな。

これでは私の手を借りたいと思うのも当然だ。

「人間共はどうしている」

「彼らとは敵対こそしておりますが、基本的に相互不干渉としてきました。しかし、我々が秘密裏に動いていたことが漏れてしまいましたので、魔王様が復活なされたことも、我々が軍を用意していることもバレてしまうでしょう」

つまり、また人間と戦争を起こすかもしれないということか。

「魔王様。ご無礼を承知でお願いいたします」

「よい、話せ」

「ハッ。魔王様、どうか……我々をお助けください」

「ほう？」

「戦争が終わり幾百年。人間も魔族も戦らしい戦を起こさずに過ごしてきましたが、最早我々は限界です。このままでは、魔族は貧困により滅んでしまいます。何卒《なにとぞ》、魔王様のお力添えをいただければ……！」

恐らく、今では魔族の力は弱り切っているのだろう。

かつてほどの実力のあるものはいないだろうし、なにより食料不足に陥っているという今、満足に戦えるかすら怪しい。

だが、彼らはかつて共に戦った部下達と同じ血を引く同胞なのだ。

「……よかろう。私が貴様達を助けてやる」

「……感謝いたしますッ！」

戦乱の時代、ただ戦闘の快楽のみを求めて軍を率いていた私が、今度は同胞の生存のために再び侵略を起こすことになるとはな。

「まずは貴様達の根城へと連れていけ。話はそれからだ」

ギレッドの肩に手を置き、外へ通ずる階段を進んでいく。

「……私は、奴との戦いで満たされてしまったのだな」

かつて私は、全力で戦える相手を望んでいた。

どれほど強者と称賛されていた者も、私の前では一秒と保《も》たないのだ。

自身の本気の力を振るいたい、ぶつけたいと常々考えていた。

だが、それは勇者との戦いにより叶《かな》えられてしまった。

だからこそ、もはや自身の力の大部分を使えなくなってもそれほど痛いとは思わない。

「ああ、私は勝手にやらせてもらうとするさ。勇者よ」

今はもういない勇者——ヒサゴに向けて、小さく呟《つぶや》く。

力を失った今の私がこの先どのような末路を辿《たど》ろうとも、もう悔いはない。

それだけの力を、貴様は私に見せた。

まずは、この時代の我が同胞達を救うことから始めよう。

＊＊＊

静寂が、戦場を支配する。

地面に叩《たた》きつけられる魔王。

味方も敵も呆然《ぼうぜん》とする中、疲労で動けない先輩を立ち上がらせた僕は彼女に肩を貸しながら、カズキと共に倒れ伏した魔王へと近づいていく。

「……」

言葉が出ない。

ようやく魔王を倒したというのに、喜びの感情すら湧き出ない。

あるのは、虚《むな》しさだけ。

『魔王様ぁぁッ！』

炎を纏いながらこちらへ駆け寄ろうとするアーミラの怒声が、どこか別世界のものとさえ思える。

早く魔王の息の根を止めなければ、また犠牲者が増え続ける。

「俺が、止《とど》めを刺す」

「……うん、頼む」

誰かがやらなければならない。

魔王のそばへと近づくカズキを見ていると、不意に魔王の口元が微《かす》かに動いたことに気付く。

「三百四十七人、か……。せめて、彼らは帰しておかなければ、な」

魔王が小さくそう呟くと、彼の身体がうっすらと魔力に覆われた。

そのとき、周囲で悲鳴が上がる。

慌ててそちらを見れば、連合軍と戦っていた魔王軍の兵士達の姿が消え、その足元には白い渦のようなものが現れていた。

『なっ、これは……!?』

『魔王様っ！』

『そ、そんなっ……！』


戦場の至るところに白い渦が出現し、魔王軍の兵士達を飲み込んでいく。

あの白い渦の魔術は、カズキが幻影に囚《とら》われるときに見たものだ。

たしかあれは、瞬間移動のようなものを可能にさせている魔術のはず……ということは、その魔術で魔族達を逃がしているのか？


「まさか、魔王もっ!?」


慌てて魔王の方へ振り返ると、彼は依然としてその場に倒れ伏したままだ。

それどころか、神々しさすら感じられた威圧感が今の彼からは消えてしまっていた。

その姿に、僕達は言葉を失う。

魔王の表情は、どこかやり切ったような、自身の死を受け入れているかのようにすら見えた。


「……私を、殺すがいい」


今までの荘厳《そうごん》な声とは明らかに違う、かすれた弱々しい声。

その声に我に返ったカズキは、声を震わせながら魔王のそばへと近づく。


「つ、言われなくても……！」


手に魔力を集め、止めを刺そうとするカズキ。

魔王は人類の抹殺を宣言したとんでもない奴だ。

弱っていたとはいえ、その力はレオナさんを含めた僕達四人を圧倒できるほどに強い。

でも、彼の行動には不可思議な点があった。

魔族を撤退させながら連合軍に火球を落とし、その後に不自然なタイミングで彼自身が現れて僕達と戦った。

もしかして魔王が戦場に現れた目的は、最初から戦争で傷ついた魔族達を逃がすことにあったのだろうか？

いや、それならなぜ彼は逃げずにこの場に残っているんだ？

「カズキ、ちょっと待ってくれ……！」

「ウサト……」

「ウサト君……」

そこまで考えた僕は、魔王に止めを刺そうとするカズキを止めてしまっていた。

こちらへと振り返るカズキの目を見て、次に死を受け入れようとしている魔王を見る。

僕達は、本当に魔王を始末するべきなのか？

本当に、平和のために必要なことなのか？

このまま魔王の思惑通りにして、本当にいいのか？

先輩とカズキは、勇者として魔王を殺すべきなのか？

その答えは、今この場で出すしかなかった。

閑話　カンナギの手記

文字を書けるようになった。

ただそれだけでも、私にとってはなによりも嬉《うれ》しいことだ。

人間達の奴隷にされていた頃は考えられなかったが、私はヒサゴに連れられて成長し、文字を学ぶ機会ができた。

ヒサゴ以外の人間には、私が獣人だということは内緒だ。

今日から、私やヒサゴの周りで起こったことを書き残したいと思う。

とりあえず、何も書くことが思いつかないのでヒサゴについて記してみる。

ヒサゴは、私の父親みたいなやつだ。

戦場で私を拾ってくれて、勇者っていうとんでもない力を持っている人間でもある。

歳は三〇手前らしく、おじさんと呼ぶと怒る。

そんな彼に私はカンナギと名前を付けてもらったけど、ヒサゴはナギと私を呼ぶ。

単純に呼びやすさからきているみたいだけど、私はこの名前、そしてナギという呼ばれ方を気に入っている。

ヒサゴは戦っているときは怖いけれど、彼が誰よりも忍耐強く、そして強いことを私は知っている。

もう何年も彼についていっているが、私は彼が誰かから攻撃を受けるところを見たことがない。

肉体的に人間より強い獣人の私ですらたまに不覚をとるのに、彼は澄まし顔で危ない状況をなんとかしてしまうんだ。

それは素直にすごいと思うが、時折他人に対して冷めたところを見ると不安になる。

だけどその分、普段の生活はだらしないって言葉じゃ足りないくらいに酷《ひど》い。

いちいち書き記すだけでも時間だけを持っていかれる気がするので、この話題は終わり。


何度も思うけれど、私にとってヒサゴ以外の人間は全て敵だ。

彼以外の誰も信用していないし、あちらも私の正体を知ったらすぐに掌《てのひら》を返してくるだろう。

人間はバカだ。

自分達を守ってくれたヒサゴに対してさえ、心無い言葉で罵倒したりするバカな連中だ。

どうして、彼は何も言い返さないのだろう。

あのままじゃ周りを調子づかせるだけなのに。

そのときになったら、今度は私が彼の代わりに怒ってやろう。

時々、ヒサゴのことが分からなくなる。

彼は自分のことをほとんど語ろうとしない。

私が一生懸命に話を聞きだそうとしても、口を閉ざすばかりで終《しま》いには「うるせぇ」と言ってくるのだ。

その度に私は頭にきてしまう。

少しぐらい、悩んでいることとか相談してくれれば——

「なに書いてんだ。ナギ？」

「あ、か、返せ！」

旅の途中、何気なく手帳に文字を書いていると、横からやってきたヒサゴが私の持つ手帳をぶんどっていった。

すぐさまページを覗《のぞ》き込むヒサゴに、顔が真っ赤になるほど恥ずかしくなるが、最後まで読まれる前に全力で手帳を取り戻す。

「もう字を書けるようになったのか？　お前は本当に物覚えがいいな。俺なんてまだまだだぞ」

「それはヒサゴの頭が悪いからだと思う」

「そこまで悪くない。俺は普通だ」

そう返したヒサゴに、私はそっぽを向く。

「それの続きも書いていくのか？」

「……うん。お前の観察日記にする」

「なんの面白みもなさそうだな」

自分が関わっているからか、心なしかげんなりとした表情を浮かべるヒサゴ。

「ああ、そこに俺の名前は出すなよ」

「なんで？」

「何かの間違いで他の奴の手に渡ったら怖いだろうが」

「怖がる基準が分からないけど……まあ、いっか。それじゃあヒサゴのことは『勇者』とか『あいつ』って書くから」

「ああ、その方がいい」

本気で書くつもりはなかったけれど、それも面白いかもしれない。

「じゃあこれが後世に残ったら、ヒサゴの恥ずかしい記録とかも伝わっちゃうわけだね」

「汚名を被《かぶ》るのはいいが、恥はかきたくないぞ」

「フフッ、冗談だよ」

本気で嫌そうな顔をするヒサゴに笑みを零《こぼ》す。

そんな私に大きなため息をついた彼は、そのまま荷物を背負って歩き出す。

「はぁ、笑ってねぇで、そろそろ行くぞ」

「あ、分かったよ。先に行かないでよ」

手帳をカバンに押し入れて、そのままヒサゴへとついていく。

ヒサゴ、お前はいつだって辛《つら》い選択を選んでいく。

それがなぜなのかは分からない。

だけど、私はお前に救われたから、お前が救われるように助けていきたい。

「ヒサゴ」

「ん？」

「これからの旅は、楽しくなるといいね」

「期待はしてないが……そうだな」

せめて、これからの旅路がヒサゴにとって穏やかで、静かなものになってほしい。

もうヒサゴは十分すぎるほどに傷ついているんだ。

だからこそ、もう彼には誰も期待してほしくない。

だって、誰かが勇者である彼に助けを求めてしまったのなら、彼は迷いなくそれに応えようとするから。

「ナギ、なにボーっとしてる。置いてくぞ」

「ああ、今行く」

そう思いながら、私はその大きな背中を追って道を小走りで駆けていく。

「ヒサゴはさ。この世界のことはどう思っているの？」

「……自然が豊かだな」

「ヒサゴって感情あるの？」

「ナギ、それは失礼すぎるぞ」

だって、時々人形みたいに無表情なときがあるんだもん。

そして口には出せないけど、どれだけ酷い扱いを受けても怒りもしないし。

どこかで折り合いをつけているのだろうか？

それとも、人間はそういうものだと割り切っているのだろうか？

多分、そのどちらもまともな人間の思考ではないことは確かだろう。

「人間のことは？」

「特になんとも思ってないな」

「そう、なんだ……」

じゃあ、ヒサゴはなぜ人間のために戦っているのか。

時々、私はヒサゴという人間が分からなくなる。

彼は優しくて、強いけれど、それでも人間だ。

表面では分からないけれど、いつか彼にも限界はくる。

そうさせないために、私は彼を支えていきたいと、切に思う。

治癒魔法の間違った使い方
〜戦場を駆ける回復要員〜

MFブックス

治《ち》癒《ゆ》魔《ま》法《ほう》の間《ま》違《ちが》った使《つか》い方《かた》 ～戦《せん》場《じょう》を駆《か》ける回《かい》復《ふく》要《よう》員《いん》～ 11

2019年10月25日　初版第一刷発行
2023年11月30日　第二刷発行

著者　くろかた
発行者　山下直久
発行　株式会社KADOKAWA
〒102-8177　東京都千代田区富士見2-13-3
0570-002-301（ナビダイヤル）
印刷・製本　株式会社広済堂ネクスト
ISBN 978-4-04-064060-0 C0093

企画　株式会社フロンティアワークス
担当編集　平山雅史（株式会社フロンティアワークス）
ブックデザイン　ウエダデザイン室
デザインフォーマット　AFTERGLOW
イラスト　KeG

本シリーズは「小説家になろう」（https://syosetu.com/）初出の作品を加筆の上書籍化したものです。

この作品はフィクションです。実在の人物・団体・事件・地名・名称等とは一切関係ありません。

MFブックス
MFブックス新シリーズ発売中!!
ただの村人の僕が、三百年前の暴君皇子に転生してしまいました
〜前世の知識で暗殺フラグを回避して、穏やかに生き残ります!〜
sammbon
サンボン
illustration 夕子
STORY
第四皇子ルドルフは、ある日自分の前世が
三百年後の村人で、転生していたと気づく。
前世で愛読した戦記によると彼は、婚約者である
「氷の令嬢」に殺される運命で!?
知識チートで死亡フラグを回避する
生き残りファンタジー開幕!
元ただの村人、
死亡フラグに溢れた
前世の知識で
帝政を生き残ります!

好評発売中!!

毎月25日発売

盾の勇者の成り上がり ①〜㉒
著：アネコユサギ／イラスト：弥南せいら
極上の異世界リベンジファンタジー！

槍の勇者のやり直し ①〜④
著：アネコユサギ／イラスト：弥南せいら
『盾の勇者の成り上がり』待望のスピンオフ、ついにスタート!!

フェアリーテイル・クロニクル ～空気読まない異世界ライフ～ ①〜⑳
著：埴輪星人／イラスト：ｒｉｃｃｉ
ヘタレ男と美少女が綴るモノづくり系異世界ファンタジー！

春菜ちゃん、がんばる？ フェアリーテイル・クロニクル ①〜⑩
著：埴輪星人／イラスト：ｒｉｃｃｉ
日本と異世界で春菜ちゃん、がんばる？

無職転生 ～異世界行ったら本気だす～ ①〜㉖
著：理不尽な孫の手／イラスト：シロタカ
アニメ化!! 究極の大河転生ファンタジー！

無職転生 ～異世界行ったら本気だす～ スペシャルブック
著：理不尽な孫の手／イラスト：シロタカ
本編完結記念！ 豪華コンテンツを収録したファン必読の一冊!!

無職転生 ～蛇足編～ ①
著：理不尽な孫の手／イラスト：シロタカ
無職転生、番外編。激闘のその後の物語。

八男って、それはないでしょう！ ①〜㉘
著：Ｙ・Ａ／イラスト：藤ちょこ
富と地位、苦難と女難の物語

八男って、それはないでしょう！ みそっかす ①
著：Ｙ・Ａ／イラスト：藤ちょこ
ヴェルと愉快な仲間たちの黎明期を全編書き下ろしでお届け！

異世界薬局 ①〜⑨
著：高山理図／イラスト：ｋｅｅｐｏｕｔ
異世界チート×現代薬学。人助けファンタジー、本日開業！

魔導具師ダリヤはうつむかない ～今日から自由な職人ライフ～ ①〜⑧
著：甘岸久弥／イラスト：景
魔法のあふれる異世界で、自由気ままなものづくりスタート！

服飾師ルチアはあきらめない ～今日から始める幸服計画～ ①〜②
著：甘岸久弥／イラスト：雨壱絵穹／キャラクター原案：景
いつか王都を素敵な服で埋め尽くす、幸服計画スタート！

アラフォー賢者の異世界生活日記 ①〜⑱
著：寿安清／イラスト：ジョンディー
40歳おっさん、ゲームの能力を引き継いで異世界に転生す！

アラフォー賢者の異世界生活日記 ZERO －ソード・アンド・ソーサリス・ワールド－ ①
著：寿安清／イラスト：ジョンディー
アラフォーおっさん、ＶＲＲＰＧ《ソード・アンド・ソーサリス》で大冒険！

人間不信の冒険者たちが世界を救うようです ①〜⑥
著：富士伸太／イラスト：黒井ススム
最高のパーティーメンバーは、人間不信の冒険者!?

転生少女はまず一歩からはじめたい ①〜⑦
著：カヤ／イラスト：那流
家の周りが魔物だらけ……。転生した少女は家から出たい！

MFブックス既刊

回復職の悪役令嬢　エピソード　①〜④
著：ぷにちゃん／イラスト：緋原ヨウ
シナリオから解放された元悪役令嬢の自由な冒険者ライフスタート！

強制的にスローライフ!?　①〜②
著：ている／イラスト：でんきちひさな
家族のために「油断はできない」と頑張るスローライフファンタジー！

辺境の魔法薬師　〜自由気ままな異世界ものづくり日記〜　①〜②
著：えながゆうき／イラスト：パルプピロシ
転生先は〝もはや毒〟な魔法薬だらけ!? ほのぼの魔法薬改革スタート！

薬草採取しかできない少年、最強スキル『消滅』で成り上がる　①〜②
著：岡沢六十四／イラスト：シソ
万年F級冒険者、ギルドを追放されて本領発揮！

攻撃魔術の使えない魔術師　〜異世界転性しました。新しい人生は楽しく生きます〜　①〜②
著：絹野帽子／イラスト：キャナリーヌ
攻撃魔術が使えなくても、貴族令嬢はやっていけます！

辺境の錬金術師　〜今更予算ゼロの職場に戻るとかもう無理〜　①〜③
著：御手々ぽんた／イラスト：又市マタロー
無自覚な最強錬金術師による規格外な辺境生活スタート！

くたばれスローライフ！　①〜②
著：古柴／イラスト：かねこしんや
これはスローライフを憎む男のスローライフ！

左遷されたギルド職員が辺境で地道に活躍する話　①
著：みなかみしょう／イラスト：風花風花／キャラクター原案：芝本七乃香
『発見者』の力を持つ元冒険者、頼れる仲間と世界樹の謎に挑む――！

名代辻そば異世界店　①
著：西村西／イラスト：TAPI岡
一杯のそばが心を満たす温かさと癒やしの異世界ファンタジー

異世界で天才画家になってみた　①
著：八華／イラスト：Tam-U
画家と商人。二足のわらじで社交界を成り上がる！

無能と言われた錬金術師　〜家を追い出されましたが、凄腕だとバレて侯爵様に拾われました〜　①
著：shiryu／イラスト：Matsuki
仕事もプライベートも幸せ！　凄腕錬金術師のリスタート物語♪

ただの村人の僕が、三百年前の暴君皇子に転生してしまいました　〜前世の知識で暗殺フラグを回避して、穏やかに生き残ります！〜　①
著：サンボン／イラスト：夕子
元ただの村人、前世の知識で王政を生き残ります！